달려라, 벽화

한우리 청소년 문학 001

달려라, 벽화

초판 1쇄 발행 2012년 3월 31일
초판 2쇄 발행 2012년 6월 30일

글 이채원 | 그림 신얼

펴낸곳 (주)한우리북스
펴낸이 박철원
기획 이대연
책임편집 전희정
디자인 SALT&PEPPER Communications
마케팅 권소회

등록번호 제312-2006-000026호
등록일자 2006년 5월 12일

주소 122-824 서울시 은평구 통일로 684(녹번동 5번지) 1동 5층
전화 02-362-4754 | 팩스 02-362-4750
전자우편 book@hanuribooks.co.kr
홈페이지 www.hanuribooks.com

ISBN 978-89-93260-59-5 43800

이 도서의 국립중앙도서관 출판시도서목록(CIP)은 e-CIP 홈페이지(http://www.nl.go.kr/ecip)와
국가자료공동목록시스템(http://www.nl.go.kr/kolisnet)에서 이용하실 수 있습니다.(CIP 제어번호 : CIP 2012000650)

이채원 장편소설 ㅣ 신얼 그림

한우리 북스

미스터 바이슨

출발 신호가 떨어졌다. 미스터 바이슨lbison. buffalo와 마찬가지로 들소라는 뜻의 팀원 자격 테스트, 5,000미터 달리기다. 이 테스트에서 완주하는 자만이 벽화 프로젝트의 팀원이 될 수 있다. 출발선을 차고 나갔다. 후보자는 나 제인, 제시카, 도란, 슬비, 네스타, 매튜. 학교 운동장에서 출발해 대학의 풋볼 운동장까지 달려가 운동장을 다섯 바퀴 도는 코스다.

출발할 때는 매튜가 맨 앞이었는데 네스타가 차츰 속도를 올렸다. 그 뒤를 나와 제시카가 달렸고, 우리 뒤로는 도란과 슬비가 울상을 지은 채 따랐다. 슬비는 출발이 빨랐지만 곧 뒤처졌다. 미스터 바이슨은 우리들을 출발시킨 다음 대열의 맨 뒤에서 달렸다.

혹시 낙오자나 부상자가 생길 것을 대비해서였다.

누가 이 테스트를 첫 번째로 통과할까. 출발하기 전 우리는 모두 풋볼 선수인 매튜가 맨 먼저 통과할 거라고 확신했다. 누가 테스트에서 탈락할지는 말하지 않았다. 자기가 탈락할 거라고 생각한 아이가 있었을까.

어유, 저 바이슨. 하여튼 이상한 일만 한다니까. 꼭 이렇게 해야 돼?

미스터 바이슨이 5,000미터 달리기 테스트로 벽화 프로젝트 팀원 자격을 결정한다고 말하자 매튜가 툴툴거렸다.

아이들은 미술 선생님을 그냥 바이슨이라고 부른다. 선생님의 이름인 제이슨과 라임이 맞기도 하고 들소를 연상시키는 선생님의 생김새와 행동 때문이기도 하다. 바이슨, 어떤 아이가 생각해 냈는지 기가 막히게 잘 어울리는 별명이다. 그전 학교에서는 어떤 별명으로 불렸는지 궁금하다. 그곳에서도 바이슨이라고 불렸던 건 아닐까. 나는 조금 예의를 차려 미스터 바이슨이라고 부르기로 했다. 학교 앨범 표지 공모에서 당선한 소식을 직접 알려 주며 나에게 악수를 청하기도 했으니까. 미스터 바이슨이라니 우습기는 하다.

싫으면 지금이라도 빠져라.

네스터가 약을 올렸다.

그냥 그림만 잘 그리면 되지 왜 달리라는 거야. 진짜 누가 바이슨 아니랄까 봐 짜증 나게.

슬비도 투덜거렸다.

그럼, 너도 빠져. 네가 원해서지 억지로 시키는 거 아니니까.

제시카도 네스타를 거들었다. 슬비가 네스타와 제시카를 째려보며 출발선에서 발을 굴렀다.

나도 달리기는 싫다. 모든 운동 중에 달리기가 제일 싫다. 그런데 하필이면 테스트가 5,000미터 달리기다. 100미터 달리기는 무섭기까지하다. 출발선에서의 그 초조함은 생각하기도 싫다. 제발 출발 신호를 듣지 않았으면 좋겠다고 생각하며 달달 떨다 보면 어느새 출발 신호가 울린다. 출발 신호 같은 거 없이 그냥 내가 출발하고 싶을 때 출발하면 좋겠다. 기록도 그렇게 재면 될 거 아닌가. 슬비 말이 맞기는 하다. 차라리 그림을 한 점씩 더 그려 제출하라는 게 합리적이지 않을까. 그 그림을 심사해 팀원을 뽑는 게 나을 것이다. 벽화 프로젝트이고 그 벽화를 그릴 아이를 추리려는 테스트이니 말이다. 그런데 느닷없이 웬 달리기인가. 저러니까 아이들이 바이슨이라고 하지.

5,000미터 달리기라서 그런 달달거리는 초조함은 덜하다. 그렇다고 이걸 여유라고 말할 수는 없다. 어차피 달리는 건 마찬가지다. 그것도 무려 5,000미터다. 100미터의 50배나 되는 거리다. 도대체 언제쯤이나 달리는 동작을 멈출 수 있게 된단 말인가. 내가 계속 달릴 수 있기나 할까. 중간에 포기하는 일 없이 완주하게 될

까. 벽화 프로젝트의 진정한 주인공으로 살아남을 수 있을까. 그만. 이런 부정적인 생각이 나를 완주하지 못하게 만들 수도 있다. 이미 나는 벽화 프로젝트의 주인공으로 뽑혔지 않은가. 그러니까 주인공은 나다. 나여야만 한다. 나는 이 테스트 따위 무사히 통과할 수 있다. 하지만 출발한 지 5분도 안 돼 숨이 찼다. 제시카와 서로 얼굴을 찌푸리며 고개를 저었다. 벌써 이렇게 힘이 빠지는데 어떻게 5,000미터를 달린단 말인가.

　슬비와 도란은 배를 움켜쥐고 다리를 끌다시피 움직이고 있었다. 왜 이 지루한 달리기를 계속해야 하는가. 왜 완주해야 하는지 알면서도 의미 없다는 생각이 고개를 들었다. 달리기 싫다. 선생을 만나도 정말 재수 없게 만났다. 귀찮다. 따분하다. 짜증 난다. 괴롭다. 고통스럽다. 싫다. 불쾌하다. 내던져 버리고 싶다. 내가 알고 있는 부정적인 낱말들이 다 떠올랐다. 그러자 보폭이 느려졌다. 달리기 동작을 계속하기가 힘들었다. 그래도 벽화는 그려야 한다. 내가 벽화 프로젝트의 주인공이다. 다시 달리는 리듬이 살아났다. 그러니까 부정적인 생각을 하며 달리면 완주하기 힘들고 긍정적인 생각을 하며 달리면 완주할 수 있다는 이야기인가. 몸이 생각과 그렇게 통하게 되어 있나. 이런 경험은 처음이다.

　결국 슬비가 2,000미터도 못 가 포기했고 도란은 3,000미터를 얼마 남겨 둔 지점에서 주저앉았다. 슬비와 도란은 미스터 바이슨을 뒤따르던 다른 선생님의 차에 실려 집으로 돌아갔다. 탈락하는 아이들이 나오자 새로운 에너지가 몸에 실리는 게 느껴졌다. 이상했다. 이런 순간에 나타나려고 내 몸의 어느 구석에 에너지가 숨어 있었던 걸까. 아니면 나는 남의 불행에서 힘을 얻는 악의 후손인가. 내가 모르는 내가 내 몸 안에 얼마나 많이 숨어 있는지 모르겠다. 손톱 그리는 나. 그림 그리는 나. 달리는 나. 벽화 그리는 나. 아무튼 솟아난 에너지가 달아나지 않도록 달리기에 집중했다.

미스터 바이슨은 슬비와 도란을 돌려보낸 뒤 나와 제시카 사이를 오가며 달렸다.

너희들도 탈락하고 싶으냐. 탈락하지 않으려면 정신 바짝 차려라. 정신력이 문제다.

힘들어 죽겠는데 약 올리는 건가. 미스터 바이슨은 줄곧 고함을 쳐 댔다. 그러고는 다시 대열의 맨 뒤로 돌아가 우리를 채찍질하듯이 몰았다. 미스터 바이슨은 지금 우리들을 들소 떼로 여기는지도 모른다. 우리는 마치 우두머리 들소를 따라 달리는 들소 떼 같다. 그런 생각이 들자 더욱 속력이 나는 것 같았다. 들소의 가죽을 벗겨 파는 사냥꾼들의 잔혹함을 사회 시간에 배웠다. 들소를 보호하자는 운동에 서명도 했다.

원주민들의 들소 사냥은 들소의 특성을 이용한 사냥법이었다고 한다. 사냥은 1년에 한 번씩 이루어졌고 한 번에 150여 마리 정도를 잡았다. 원주민 부족의 추장은 사냥을 시작하기에 앞서 들소들의 넋을 위로하는 제사를 지냈다. 추장은 달리기를 잘하는 젊은 사냥꾼을 선발해 들소몰이로 내보냈다. 그들은 연기를 이용해 초원의 들소 떼를 몰아와 'V' 자 모양의 몰이길 입구까지 이동시켰다. 들소 떼가 다가오면 고통스러워하는 새끼 울음소리와 몸짓을 흉내 내며 몰이길 입구의 분지로 유인했다. 들소 떼가 몰이길 입구의 분지에 갇히면 뒤에서 접근해 오던 사냥꾼들이 일제히 공격했다. 위협을 느낀 우두머리 들소가 질주하기 시작하고 다른 들소들도 따라 달렸다. 늑대 가죽을 쓴 사냥꾼들은 몰이길 양옆을 지키며 들소가 무리에서 이탈하지 못하도록 막았다.

들소들은 우두머리 들소가 달리기를 멈출 때까지 무서운 속도로 달렸다. 4.8킬로미터나 되는 몰이길을 내달리는 것이었다. 몸무게 500킬로그램이 넘는 들소는 한 시간에 50킬로미터를 달릴 수 있다. 절벽에 다다른 들소들은 급히 앞발로 제동을 걸지만 시속 50킬로미터로 들이받는 들소 떼에 떠밀려 절벽 아래로 고꾸라질 수밖에 없었다. 절벽에 머리를 박고 떨어진 들소들이 그 자리에서 바로 죽는 것은 아니었다. 대부분 다리가 부러지거나 떨어질 때의 충격으로 정신을 잃었다. 그때 기다리고 있던 사냥꾼들이 들소들을 창으로 도살했다. 원주민들은 들소의 고기는 식량으로, 가죽은 이동식 천막을 만들거나 옷을 짓는 데 썼다. 뿔은 숟가락을 만들고 혀는 약재로 사용했다. 절벽 아래에는 들소들의 뼈만 남겼다. 그런 전통적인 사냥법은 들소의 개체 수에 영향을 주지 않았다.

들소의 비극은 유럽 모피상들이 가져온 장총과 말에서 시작됐다. 유럽 인들은 들소 사냥단을 모집했고 초원에는 장총을 든 사냥꾼들이 넘쳐났다. 그들은 들소 사냥을 스포츠로 즐겼고 그때부터 들소 수가 급격하게 줄었다. 들소 사냥에 총을 사용하기 시작한 원주민은 더 이상 창과 화살을 잡지 않았다. 여러 날이 걸리는 사냥법은 필요가 없어졌다. 원주민들은 유럽 인에게서 더 많은 총기를 사기 위해 들소 사냥에 열을 올릴 수밖에 없었다.

언제인가부터 아무것도 없는 평원을 달리는 기분이 들었다. 멀리서 들소들이 울부짖는 소리가 들려오는 것 같았다. 바람 소리였는지도 모른다. 나는 조금 전의 평원에 그림을 그리는 상상을 했다. 아무것도 그려지지 않은 상상 속의 공간에 그림을 그렸다. 한가롭게 풀을 뜯는 들소 떼. 새끼들도 어미 들소 옆에서 풀을 뜯고 있다. 새끼들의 생김새는 우락부락하지 않아 한국에서 보았던 누런 소와 다르지 않았다. 한가로운 들소들의 모습뿐 아무 소리도 들리지 않았다. 나 혼자 둥근 지구의 한가운데를 달리고 있는 것 같았다. 달리는 느낌이 분명해지며 다시 소리가 들리기 시작했다.
  달리는 우리들의 모습은 세상에 고스란히 드러날 것이다. 달리는 동작이 우리들을 도드라지게 한다. 우리가 어떤 동작을 짓는지, 그 동작에 어떤 생각이 실려 있는지 모두 보일지도 모른다. 우리들의 동작으로 지표면이 들썩인다. 평평한 지표면에 움직이는

입체가 나타난다. 밋밋한 선 위에 들쭉날쭉한 도형들이 만들어진다. 우리들은 지금 새로운 입체를 도안하고 있다. 사람들은 우리들을 어떤 입체로 느낄까. 그런 생각에 빠져 있는 동안 나는 어느새 목표 지점에 이르렀다. 다른 아이들은 어떤 생각을 하며 5,000미터를 달렸을까.

후보자 중에 두 명이 탈락했고 나머지 네 명은 무사히 완주했다. 완주한 순간 어지러워 휘청했다. 한참 동안 눈을 감고 진정해야 했다. 예상과 다르게 맨 먼저 완주한 아이는 네스타였다. 그다음이 매튜, 내가 세 번째, 제시카가 마지막으로 완주했다. 벽화 프로젝트 팀원이 결정되었다. 매튜, 네스타, 제시카, 그리고 나 제인.

벽화 프로젝트 회의

- ● **벽화 프로젝트 팀장** ; 나.
- ● **벽화 프로젝트 팀원** ; 매튜, 네스타, 제시카.
- ● **모임 주제** ; 벽화 프로젝트 아이디어 상상하기.
- ● **모임 장소와 시간** ; 수업 끝난 뒤 4시까지 상담실.
- ● **준비물** ; 통통 튀는 아이디어가 가득 담긴 두뇌, 메모지,
  필기구, 필요하다면 음료수.

    장거리 달리기 테스트는 끝났다. 바로 벽화 프로젝트 회의를 열기로 했다. 지난주에 미스터 바이슨이 나를 불렀을 때 이런 엄청난 일이 기다리고 있을 줄은 상상도 못했다. 미스터 바이슨은 학교 앨범 표지 공모에 당선된 내 그림을 보고 있었다.

제인. 학교에서 너에게 특별한 프로젝트를 맡기기로 했다.

내가 벽화 프로젝트의 주인공으로 뽑혔다는 것이다. 미스터 바이슨은 아무렇지도 않은 일을 이야기하듯이 그 엄청난 소식을 전하며 내게 악수를 청했다.

아, 제가요? 정말요? 감사합니다. 그런데 벽화 프로젝트가 뭔데요?

뉴 밀레니엄을 맞은 기념으로 교무실 앞에 벽화를 그리기로 했다. 자, 저기를 봐라. 저곳에 네가 멋진 그림을 그리는 거야.

그가 교무실 앞의 흰 벽을 가리켰다.

그가 가리킨 벽을 바라보았다. 넓은 로비의 한쪽 벽면이다.

입학하던 무렵 이 넓은 건물 전체가 북적이던 생각이 난다. 본관 건물 1층에는 교무실과 상담실, 강당과 식당이 있다. 본관 앞에는 성조기가 계양되어 있다. 성조기 옆에는 바이킹 기도 함께 펄럭이고 있다. 학교의 마스코트인 바이킹이 단단한 뿔이 달린 투구를 쓰고 있다. 앞으로 저 투구가 나를 지켜 줄 거라는 생각을 했다. 본관 로비에 들어오면 바로 상담실이 나온다. 지각이나 결석 등의 기본적인 일부터 학생들에게 생기는 모든 문제를 처리해 주는 곳이다. 상담실 옆에 교무실이 있다. 그 앞의 벽이 우리가 벽화를 그릴 장소다. 2층에는 강의실과 각 반 담당 선생님들의 방이 있다.

중학교 입학을 앞두고 어른들은 입학생들에게 정신을 바짝 차려야 한다고 겁을 주었다. 미국 아이들도 처음 중학교에 들어가면 잘 적응하지 못해 쩔쩔맨다고 했다. 초등학교와 중학교의 수업 방법이 다르기 때문이었다. 중학교부터는 스스로 과목을 선택하고 과목마다 교실을 옮겨 다니며 수업을 듣는다고 했다.

중학교에 입학하며 입학식 같은 행사는 없었다. 개학하기 전 수강 신청서를 받아 꼼꼼히 살펴보고 듣고 싶은 과목을 선택해 제출했다. 음악은 재즈 밴드에 들기로 했다. 요일별로 나누어진 재즈 밴드 중에 화요 재즈 밴드를 선택했다. 맨 처음 이곳 초등학교에 들어갔을 때 음악 과목 때문에 조금 놀랐다. 오케스트라 반이 있고 선택할 수 있는 악기가 많아서였다. 내가 연주할 줄 아는 악기는 피아노와 리코더뿐이었다. 나는 적응 기간이 필요할 듯해 부담 없는 합창반을 선택했다.

수강 신청서를 제출하는 날은 학교 강당이 몹시 붐볐다. 아이들을 도우려고 부모님들까지 함께 나와 더 복잡했다. 나는 영어가 부족하긴 했지만 스스로 과목을 선택하는 게 어렵지는 않았다. 나중에 직접 수업을 들어 보니 오히려 초등학교 때보다 재미있었다. 한 교실에 앉아서 수업을 듣지 않고 강의실을 찾아다니니까 대학생이 된 기분도 들었다. 어려울 것도 없는데 괜히 겁을 주고 그런다. 어른들은 아무튼 호들갑이 좀 있다.

학교 앨범에 들어갈 사진 촬영도 같은 날 마쳤다. 사진 촬영을 의식한 탓인지 아이들은 복장과 화장에 무척 신경을 쓴 모습으로 나타났다. 슬비와 도란도 마찬가지였다. 나는 새 안경이 어색해 자연스런 표정이 잘 지어지지 않았다. 이곳에 와서 새로 맞춰 쓴 안경이었다.

처음 부모님과 안경점에 갔는데 안경을 주문하는 방법이 한국과 달라 당황했다. 안경을 주문하겠다고 했더니 주인이 시력 검사표를 보여 달라고 했다. 한국에서는 안경점에서 시력 검사하고 바로 안경을 맞출 수 있었는데 무슨 소리인가.

무슨 시력 검사표죠?

안경을 주문하려면 시력 검사소에서 검사한 증명서가 있어야 합니다. 그 시력 검사표에 나온 시력을 보고 안경을 만듭니다.

미국에서는 안경을 바로 살 수도 없구나. 가족 모두 갑자기 피곤함을 느꼈다.

검사소는 어디인가요? 안과 병원인가요?

피곤하고 지친 목소리로 물었다.

안과 병원도 되고 월마트도 검사소를 운영하니 거기서 검사해도 됩니다.

아, 월마트에도 있어요?

가족의 목소리가 조금 생생해졌다.

우리는 월마트 시력 검사소로 갔다. 동생도 시력을 검사했다. 동생도 그동안 시력이 약간 나빠져 있었다. 시력 검사표를 들고 안경점으로 갔다. 한국에는 공짜 안경테도 많았는데 여기서는 그런 건 찾아볼 수도 없었고 안경 가격도 한국보다 비쌌다. 세일하는 안경테로 동생과 내 안경을 맞췄다.

대학생이 된 기분은 수학 선생님 때문에 오래가지 못했다. 도로 초등학생이 된 기분이었다. 수학 선생님은 첫 수업 시간에 참 희한한 걸 알려 주셨다. 수학 교과서를 나누어 주며 상세하게 설명해 준 책 표지 싸는 방법이었다.

첫째, 시리얼 상자를 보관했다가 써라. 일부러 비싼 포장지를 사지 않아도 되는 좋은 방법이다.

둘째, 마트에서 무료로 얻을 수 있는 종이백을 써도 좋다. 종이백의 접힌 부분을 편 다음 책을 놓고 책의 크기에 맞춰 오린다. 오린 부분을 접고 테이프로 붙여서 쓰면 책을 깨끗이 잘 보존할 수 있다.

한마디로 놀라웠다. 어떻게 그 두꺼운 시리얼 상자로 책을 싸라는 건지. 지금이 몇 세기인지 헷갈렸다. 뉴 밀레니엄을 바라보는 미국에서 수학을 가르치는 중학교 수학 선생님의 말이 맞나 의심이 갔다. 한국에서 학교에 다니는 동안 썼던 책 포장지는 얼마나 다양하고 예뻤던가. 나는 두 번째 방법을 쓰기로 했다. 월마트의 종이백을 책 표지로 썼다. 책이 누렇고 투박하게 변했다.

미국인데 왜 이렇지, 누나? 우리나라 것보다 훨씬 나쁘잖아.

마트의 학용품 코너에만 가면 동생은 똑같은 말을 한다. 종이접

기용 색종이나 학 접는 종이도 없고 예쁜 편지지도 없고 예쁜 펜
도 없다. 그런 걸 꼭 쓰고 싶다면 한국에 있는 친척에게 보내 달라
고 부탁해야 한다. 가장 불편한 점이었다. 한국에서 만화 그리기
재료를 사 오길 참 잘했다. 새 학년이 될 때마다 느끼던 새 책을
받는 기쁨도 없어졌다. 헌책을 물려받아 쓰기 때문이다. 게다가
누런 종이로 표지를 싸고. 내가 받아 보는 교과서 중에는 7년이나
된 것도 있었다. 책 내용이 바뀌지도 않나.

엄마랑 동네 도서관의 정기 세일을 구경했을 때다. 헌책과 학습
용품 세일이었는데 우리 눈에는 너무도 낡아서 살 게 하나도 없었
다. 카세트테이프나 시디 같은 것들도 케이스가 깨져 있었다. 그
런데도 미국 사람들은 그런 물건을 사며 즐거워했다. 엄마가 나
를 쳐다보고 고개를 갸우뚱했다. 그러더니 엄마 얼굴이 금세 환해
졌다. 카세트테이프를 발견한 것이다. 역시 발견의 달인이다. 우
리도 케이스가 깨진 빌 위더스ㅣ미국의 가수 겸 작곡개 테이프를 샀다. 우
리는 한켠에 무료로 가져가도 되는 책 더미 속에서 〈구스범프스〉
ㅣ전 세계 어린이들에게 사랑받는 미국 공포 소설 시리즈ㅣ 여러 권도 들고 왔다. 동생
이 좋아하는 책이었다. 부자가 된 기분이었다. 엄마와 빌 위더스
의 〈Lean on me〉를 흥얼거리며 집으로 돌아왔다.

그날 일기에 이렇게 적었다. '우리 엄마 참 재미있다. 아까 그 테
이프를 발견했을 때 엄마의 표정이 생각난다. 별것도 아닌 일로
그렇게 즐거워하는 엄마가 나보다도 어린아이 같았다. 엄마가 재

산을 다 잃고 힘들게 살게 된 것도 바로 그런 어린아이 같은 모습 때문은 아닐까. 잘 모르겠다.'

벽화요? 저 벽에요? 왜 저한테요?

벽에서 눈을 떼지 않은 채 생각에서 빠져나오며 물었다.

너한테 맡기기로 한 이유 말이냐? 네가 우리 학교 아이들 중에서 그림을 제일 잘 그리니까. 학교 앨범 표지 공모에 당선한 네 작품을 보고 이 프로젝트를 떠올렸다.

벽화라니. 벽화는 생각조차 해 본 적이 없어 혼란스러웠다. 늘 종이에 만화만 그려 온 내게 벽화라니.

하지만 저는 벽화를 어떻게 그리는 건지 모르겠는데요.

걱정하지 마. 너는 할 수 있다. 달라질 수 있어.

또 그 소리였다. 미국에 온 뒤로 늘 듣는 말이다. We can do it. We can make a difference. 학교에도, 교육 관련 시설 건물에도 내걸린 문장이다. 엄마는 그 말을 좋아한다. 엄마는 미국에 와서 학교에 발을 들여놓자마자 맨 처음 발견한 게 그 문장이었다며 그 말에 특별한 의미를 둔다.

아, 저는 정말 잘 모르겠어요. 어떻게 해야 할지.

너라면 충분히 할 수 있다.

제가 어떻게 벽화 같은 큰 그림을 그려요. 못할 것 같아요.

마음을 크게 열고 상상하면 큰 그림이 그려진다.

지금까지 만화 같은 그림밖에 그려 본 게 없는데요.

그러니까 이번에 도전해라.

제가 정말 벽화를 그릴 수 있을까요?

물론이지. 너는 할 수 있어, 너라면 말이다. 네 실력을 크게 발휘해 볼 수 있는 기회라고 생각한다.

미스터 바이슨은 나를 불러 놓고 태연히 그랬다.

그리고 상금이 있다.

네? 상금요?

상금은 100달러다.

헉. 100달러! 그런데 저는 그림을 제대로 배운 적도 없는걸요.

덜컥 겁이 난다. 상금을 100달러씩이나 주는데 시시한 그림을 그리면 안 되리라는 부담 탓이다. 하지만 그리고 싶다. 어떻게든 그리고 싶다. 선생님이 믿어 준다는데 너무 못난 소리 하지 말자. 내 속에는 새로운 무엇을 찾는 누군가가 살고 있다. 요즘 깨달았는데 내 속에는 다른 아이들이 시도하지 않는 일을 찾는 이상한 내가 또 있다. 그게 도전 정신인지 호기심인지 모르겠다. 지금 그런 내가 고개를 쳐든다. 학교 본관 로비의 벽에 벽화를 그리게 됐다고, 게다가 상금도 받는다고, 나만이 할 수 있는 일이니 멋지지 않느냐고.

배웠다고 잘 그리는 건 아니란다. 네 그림을 보면 알 수 있지. 네 그림에는 독특한 힘이 살아있다. 희망차게 일어서고 싶어지는 힘이라고 할까. 너는 캘리그래피글씨나 글자를 아름답게 쓰는 기술도 잘하니 더욱 좋아.

붓글씨는 한국에서 아빠한테 몇 번 배웠고 미국에 온 뒤에는 혼자 캘리그래피 책으로 연습해 본 게 다예요.

서예는 구체적인 사물을 그리는 게 아니라 글자를 소재로 삼는 예술이야. 동양의 서예는 점과 선, 그리고 획의 길고 짧음과 먹의 흐리고 진함으로 미묘한 조형미가 이루어지더구나. 문자 사이의 비례와 균형이 혼연일체가 되어 있지. 먹은 검정색이지만 붓의 놀림에 따라 여러 색을 사용하는 것과 같은 오묘한 효과를 낳는다고 생각한다. 서양에도 캘리그래피 분야가 있지만 동양의 서예만큼 심오하지는 않아. 문자를 뚜렷하고 아름답게 만들려는 면이 강하지. 네가 캘리그래피까지 좋아하니 더욱 이상적이다.

미스터 바이슨이 서예에 대해 장황하게 이야기했다. 그가 미술 선생님이기는 하지만 서예에도 관심이 깊은 줄은 몰랐다.

그런데 어떤 그림을 그려야 하나요.

조심스럽게 물었다. 바로 앞에서 칭찬을 듣는 게 쑥스러웠다.

누구나 바라보면 희망을 떠올리고 즐거워지는 그림.

그걸 어떻게 벽화로 표현해요?

바로 그게 네가 할 일이다. 뉴 밀레니엄이다. 상상해 봐라.

아, 너무 어려워요.

이건 새로움을 찾는 아이답지 않은 대답이다. 다시 입속으로 주워 넣고 싶다.

교장 선생님과 다른 선생님들, 학교 전체가 이 프로젝트를 응원하고 있다.

큰 그림을 혼자 그리기는 힘들 텐데요.

나다운 대답으로 조금 만회했다. 벽화는 당연히 내가 그린다는 전제 아래 그림을 그리는 과정으로 한 발짝 나아간 의논형 대화다.

그렇지. 그래서 학교 앨범 표지 공모에 응모한 아이들 중에 그림이 괜찮았던 아이들을 후보로 올렸다. 그 아이들과 함께 그리면 된다. 벽화를 그리는 데 필요한 물품은 학교에서 다 지원해 줄 거다. 단, 너는 물론 아이들 모두 내가 내는 테스트를 통과해야 한다. 제인. 네가 그 테스트를 통과하지 못하리라고는 생각하지 않는다. 그리고 너희들 스스로 벽화 프로젝트 회의를 열어 아이디어를 모아라. 그다음 네가 도안한다. 도안은 물론 네가 해야지. 그게 바로 벽화를 네게 맡긴 이유니까. 도안이 결정되면 본격적으로 그리기 시작한다. 테스트는 이번 주말이다.

미스터 바이슨이 내려는 테스트가 장거리 달리기였다니. 미스터 바이슨이 아이들을 소집했다. 학교 앨범 표지 공모에 그림을 응모했던 아이들은 네스타, 매튜, 제시카, 도란과 슬비였다. 그의 부름을 받고 들떴던 아이들은 이어진 그의 명령에 시무룩해졌다. 벽화를 그리라는 줄 알고 달려왔는데 테스트라니, 게다가 5,000미터 달리기라니. 달리기 테스트와 무서운 경고. 미스터 바이슨의 무서운 한마디는 이랬다.

이 달리기 테스트에서 살아남는 자만이 벽화를 그릴 자격을 얻게 될 것이다.

그렇게 그 테스트를 통과했다. 새삼 믿기지 않는다. 못할 것만 같던 일이었는데 어느새 아무렇지도 않게 지나와 있다. 충분히 할 수 있는 일인데 걱정했었구나. 하기 싫으니까 할 수 없을 거라고 생각했던 거구나. 미스터 바이슨은 그걸 다 알고 있었던 것 같기도 하다. 우리들은 우리 자신이 무엇을 할 수 있는지도 모르고 있나 보다.

수업이 끝나고 테스트에서 살아남은 자들이 상담실로 모였다. 네스타, 제시카, 매튜와 나. 미스터 바이슨이 우리들을 돌아보며 전사 같은 말투로 선동했다.

자, 살아남은 자들이여. 이제부터 너희들 마음껏 벽화를 상상하거라. 주제는 뉴 밀레니엄의 희망이다. 바라보면 희망이 느껴지는 그림. 너희들이 어떤 그림을 그리든 학교는 너희들의 생각을 무조건 존중할 것이다. 그런데 여기에도 조건이 있다.

또 뭔데요?

우리 모두 한입으로 걱정스럽게 물었다.

벽화를 완성할 때까지 너희들은 나와 함께 마라톤 훈련을 하게 된다!

뭐라고요? 말도 안 돼.

마라톤을요? 안 돼요!

또 달려요? 정말 왜 그래요.

우리가 무슨 들소들도 아니고 정말.

우리 모두 울부짖었다.

한 달 뒤에 열리는 마라톤 대회가 있다. 그 대회의 하프 코스에 참가하기로 한다. 너희들에게 아직 풀코스 마라톤은 무리일 듯싶어 하프 코스로 정했다.

우리의 울부짖음을 듣는지 마는지 미스터 바이슨은 유유히 말을 이어 갔다. 5,000미터는 그러니까 맛보기였다는 건가. 뭐, 하프 코스? 우리들을 아주 달리기로 길을 들이겠다는 거야 뭐야? 달리기가 그렇게 좋으면 선생님 혼자 실컷 달리라고요. 왜 우리들까지 몰고 가는 거냐고요. 속에서 불평이 부글거렸다.

아아. 미스터 바이슨. 제발요.

매튜가 비명을 질렀다.

뭐? 바이슨?

미스터 바이슨의 눈썹이 치켜 올라갔다.

아차차. 선생님에게 대놓고 바이슨이라니. 하지만 뭐 다 알고 있으면서. 바이슨과 다를 것도 없고.

아, 죄송해요. 저는 풋볼 연습도 해야 한단 말예요.

매튜가 머리를 움켜쥐었다.

본격적인 풋볼 연습은 새 학년이 된 뒤부터 시작할 것이고 마라톤 훈련 기간은 한 달이니 크게 걱정하지 않아도 된다. 아무튼 좋다. 나는 이 벽화 프로젝트라는 의미 있는 일을 수행할 너희들에게 가장 필요한 것이 자신감과 신뢰라고 생각한다. 마라톤 훈련이 너희들의 자신감과 신뢰를 다져 줄 것이라고 믿는다. 그리고 이 프로젝트를 이루어 가는 과정은 너희들의 인생에 훌륭한 자산이 될 것이다. 나는 너희들 모두 이 훈련에 찬성하리라고 믿는다.

오오. 제발.

모두가 탄식했다.

우리들이 장거리 달리기를 해 본 건 5,000미터 테스트가 전부입니다. 우리가 어떻게 20킬로미터도 넘는 하프 코스를 달릴 수 있겠습니까?

좋은 질문이다. 그래서 그 전에 집중 훈련을 할 계획이다. 낙오자가 생기지 않고 모두 완주할 수 있도록 말이다. 됐나?

누가 찬성하지 않는다고 대답할 수 있겠는가. 찬성하지 않는 건 벽화를 포기하는 거니까.

미스터 바이슨이 마라톤 마니아라는 건 학교에 다 알려진 일이다. 그는 콜럼바인에서 자식을 잃었다고 알려져 있다. 미스터 바이슨은 그 일을 당한 뒤 그곳 학교를 떠나 멀리 떨어진 우리 학교로 전근했다고 한다. 미스터 바이슨이 왜 달리는지는 알려지지 않았다. 어쨌든 그는 늘 땀을 흘리며 달리고 있다. 나는 그렇게 땀을

뻘뻘 흘리며 달리는 사람들을 늘 이상한 사람들이라고 생각했다.

벽화는 언제 그리고 훈련은 언제 하는데요?

우리 중의 누군가 힘없이 질문했다. 불만이 잔뜩 실린 목소리로.

벽화는 주말에 그리도록 한다. 주중에는 학교가 복잡하니까. 마라톤 훈련은 일주일에 네 번이다. 주중에 두 번, 주말에 두 번. 주중에는 수업이 끝난 뒤에, 주말에는 벽화를 그린 뒤에. 이상이다. 자, 이제부터는 아이디어 회의를 시작해라.

미스터 바이슨이 상담실을 나갔다.

일방적으로 자기 할 말만 다하고 끝이잖아. 뭐야. 지난번 테스트도 죽을 맛이었는데. 아, 정말 미치겠다. 뭐 저런 선생이 다 있어. 저러니까 바이슨이지. 어떻게 하프 코스를 달리라고. 나는 풋볼 연습도 해야 돼. 이건 못하겠어. 정말 못해!

매튜가 발길질을 했다.

그럼 벽화 그릴 자격이 없어지는 거잖아. 너 벽화 안 그릴 거야? 그럼 풋볼만 하지 5,000미터 테스트는 왜 했냐?

네스타가 매튜를 다그쳤다.

그래, 한번 해보자. 벽화를 그리려면 저 명령에 따라야 하는 거잖아. 그리고 딱 한 달이니까. 풋볼 훈련은 아직 시간 여유가 있잖아.

피할 수 없으면 즐겨라. 그 말대로 가는 수밖에 없게 됐어. 아무튼 이제 숙제할 시간도 없겠다.

맞아. 하자는 대로 따라가 보자고. 설마 죽기야 하겠어. 잠깐 쉬었다 회의 시작하는 거 어때? 기분 좀 바꾸게. 매튜. 그 기분 털어 버리자. 응?

그러자. 그게 좋겠다.

뉴 밀레니엄이 왔다. 뉴 밀레니엄을 맞아 과제가 생겼다. 엄청나게 어렵고 중요한 과제다. 뉴 밀레니엄을 상징하는 벽화. 아이들과 선생님들이 매일 바라보며 희망을 떠올리고 즐거워지는 그림을 그려야 한다. 그 프로젝트가 나한테 떨어졌다. 미스터 바이슨은 나의 무엇을 보고 이런 작업을 맡기는 걸까. 나한테 숨겨진 요술 방망이라도 있다는 건가. 아니면 내가 깨닫지 못하는 또 다른 나를 본 걸까.

바라보면 희망이 느껴지는 벽화. 어떻게 그릴 것인가. 잠깐 쉬는 시간에 내 그림을 생각해 보았다.

내 그림의 스타일은?

나만의 새로운 벽화. 만화를 그리며 생긴 나만의 고유한 스타일이 있겠지. 지금 나 스스로는 깨닫지 못하지만 분명히 그런 특징이 있을 것이다. 내가 벽화 프로젝트의 주인공으로 뽑힌 이유도 그래서일 테니까. 그러니까 내가 그리고 싶은 대로 그리면 되는 거다. 나만이 보여 줄 수 있는 것. 나는 다른 아이들이 떠올리지 못한 새로운 이미지를 만들어 세상에 보여 주고 싶다. 그건 어떤 모습일까.

남다른 색감!

두말하면 잔소리다. 어떻게 그릴 건지 그림의 내용이 정해져야 색감도 따라갈 수 있다. 내 생각을 들려주고 팀원들의 상상력을 자극해 아이디어를 끌어내야 한다. 그렇게 모인 우리들의 아이디어를 미스터 바이슨에게 알리고 그의 의견을 들은 뒤 도안을 시작한다. 미스터 바이슨은 무조건 우리들의 아이디어를 존중할 것이라고 했다. 그러니 마음껏 상상해 보라고 했다.

벽화 프로젝트 회의를 시작했다.

주제는 뉴 밀레니엄의 희망이야. 바라보면 즐거워지는 그림. 마라톤 때문에 기분은 별로지만 멋진 벽화를 상상하며 자유롭게 자기 의견을 말해 보자. 미스터 바이슨의 생각도 우리들 생각과 다르지 않은 듯해. 뉴 밀레니엄에 거는 희망이잖아. 지금 힘든 일을 겪고 있는 사람일수록 더 그런 희망을 갖겠지.

변신하는 우리들 모습을 그리면 어떨까. 나는 변신에 관심이 많거든. 음, 우리 몸에 새로운 에너지가 생겨 변신하는 모습으로. 어깨나 팔, 다리, 에너지가 생겨난 부위를 강조하는 거야.

네스타가 제안했다.

좋은 생각이야. 그럼 새로운 에너지가 어떤 것이지. 단지 그냥 그 부위에 힘이 세지는 거야?

내가 지적했다.

너, 사람들 눈에 무척 띄고 싶은가 보구나. 그건 진짜 만화 같은데. 그리고 막연하고 모호해. 무슨, 어떤 새로운 에너지야?

제시카가 물었다.

그건 아직 잘 모르겠어.

새로운 에너지를 무엇으로 표현할지 함께 생각해 보자.

우리 학교 상징이 바이킹이잖아. 앨범 표지 그림도 바이킹이고. 벽화에 바이킹이 들어가면 좋겠어. 바이킹이 우리의 모습인 거지.

좋은 생각이야. 그럼 바이킹이 우리 학교의 마스코트니까 캐릭터는 바이킹으로 정하자. 이제 그 바이킹을 어떻게 표현할지 이야기해 볼까.

바이킹에게 새로운 동작을 넣어 주는 건 어떨까.

우리 바이킹들이 가지고 있는 에너지와 연결해서 말이지? 우리들이 가지고 있는 에너지가 뭘까 생각해 보자. 그것을 정하고 나면 쉬워지겠어.

우리 바이킹들은 풋볼을 잘한다. 풋볼 게임하는 바이킹들 어때?

매튜가 제안했다.

그래. 그럼 풋볼을 신기하게 잘하는 새로운 에너지? 볼을 빼앗기지 않고 마구 날아다니는 거? 그런데 바이킹들이 많으면 복잡하지 않을까.

네스타가 분석했다.

멋진 생각인데 그건 너무 범위가 좁은 듯해. 바라보면 희망을 떠올릴 수 있는 그림. 그건 뉴 밀레니엄 동안 이어 갈 희망일 거야. 조금 범위를 넓혀서 생각해 보면 좋겠어.

맞다. 나는 항상 생각이 좁고 부정적이야. 이런 내가 나 자신도 짜증 나.

매튜가 고개를 흔들었다.

매튜. 절대 그렇지 않아.

네가 우리 학교의 희망이라는 사실을 잊어버리고 있는 거 아니야?

우리 학교 풋볼의 희망 매튜!

우리 모두 네 팬인데 그런 말 하면 안 되지. 얼른 좋은 아이디어나 짜내란 말이야.

우리는 모두 매튜에게 응원의 말을 던지느라 법석을 떨었다.

바이킹 두상을 떠올렸다. 수염이 멋들어지게 나고 투구 위로 뿔이 솟은 바이킹 두상이다. 우리 학교의 상징이어서 학교와 관계된 것이면 무엇이든 그 바이킹이 새겨졌다. 나는 학교 앨범 표지를 그릴 때 우리 학교 학생들을 생각하며 젊은 바이킹 두상을 그렸다.

바이킹을 아이들로 바꿔 그리는 건 어떠니? 아이들의 머리에도 바이킹 뿔을 붙여 주는 거야.

와아, 그게 좋겠다. 그럼 바이킹의 어떤 모습, 무엇을 하는 모습을 그리지?

어떤 모습이 좋을까. 우리 바이킹들이 배를 타고 뉴 밀레니엄을 향해 힘차게 저어 나가는 그림. 바이킹이니까 배가 어울리겠어. 어때?

어, 그것도 정말 괜찮은 생각이야.

나팔을 불며 걸어가는 모습도 어울릴 듯싶은데.

나팔을 불며? 어, 그것도 괜찮은데. 각 바이킹들의 동작을 다르게 표현해야 할 거야.

네스타가 흥분했다.

나팔을 불며 걸어 나가는 아이들을 떠올려 보았다. 군악대 느낌이 났다. 배도 그렇고, 어딘지 오래된 분위기다.

무난하고 좋기는 한데 많이 봐 온 그림들이야. 좀 더 뉴 밀레니엄답게 신선한 느낌이 드는 그림 없을까.

자전거는 어떨까. 자전거가 더 좋겠어. 자전거를 타고 뉴 밀레니엄을 향해 달리는 바이킹들.

제시카가 자전거를 타는 몸짓을 지었다.

좋은 생각이다. 자전거와 바이킹. 오, 안 어울리는 듯하면서도 어울리고 신선하잖아.

자전거를 탄 바이킹. 멋지다. 바이킹은 몇 명을 그리면 좋을까.

남자와 여자 바이킹 한 명씩이 어떨까. 우리 노스웨스트 바이킹의 상징이니까 그 정도면 될 것 같은데.

그러면 벽면이 너무 허전할 거야.

그런가. 그럼 배경이나 다른 그림을 그려 넣어야지.

그래도 한 명씩으로는 빈약해. 두 명씩이 낫겠어.

나 지금 기막힌 아이디어 떠올랐어. 마라톤하는 바이킹! 자전거도 좋지. 그런데 우리들이 마라톤 훈련을 할 거니까 실감나게 잘 그릴 것 같아. 바이킹 투구를 쓰고 달리는 모습. 바이슨 말대로 뉴 밀레니엄을 희망차게 달리는 모습 말이야.

달리는 바이킹들? 그거 정말 멋지다.

그래, 최고다!

아이들이 모두 내 의견에 찬성했다. 자전거 의견을 낸 제시카도. 마라톤 훈련이 중심이 되자 벽화에 대한 생각도 정리되는 기분이다. 확실히 처음보다 막연한 느낌이 없다. 마라톤, 물론 힘이 들 것이다. 달리다가 쓰러질지도 모른다. 그런데 자꾸 생각하다 보니 왠지 매력이 있는 것 같기도 하다. 하기 싫으니까 할 수 없을 거라고 생각했다. 우리는 우리 자신이 무엇을 할 수 있는지도 모르고 있으니까. 나만 그런 기분을 느끼는 게 아닌가 보다. 아이들도 마라톤과 벽화를 함께 묶어 생각하고 있는 것 같다. 이 회의를 하며 그걸 느낄 수 있었다. 힘든 일이 사람들을 묶어 주는 방법이 될 줄은 몰랐다. 나는 여태 재미있는 일들로 사람들이 뭉치는 줄로만 알았다.

얘들아. 지금 말하는 게 조금 이상하지만 벽화가 처음에는 나한테 너무 거창했어. 그래서 막연했고. 너희들은 어때? 우리가 정말 벽화를 잘 완성할 수 있을까?

나도 그냥 그림이면 괜찮은데 벽화라고 생각하면 어리벙벙했어.

나도 그래. 그래서 네가 뽑혔잖아. 네가 멋지게 그려 줄 거잖아. 그러면 우리 함께 색을 칠할 거고.

아무튼 우리들의 아이디어로 내가 도안을 할 거야. 그 도안대로 너희들과 함께 벽에 밑그림을 그리고 색을 칠하는 거야.

우리가 학교의 벽화를 그리다니! 나는 벽화를 그린다는 것만으로도 자랑스러워.

그래. 어쨌든 제인. 정말 대단해. 표지 공모에 연속으로 두 번이나 당선하다니.

그러니까 우리들의 새 벽화도 잘 그릴 수 있을 거야.

그렇고말고. 하지만 제인만 아니면 내가 당선할 수 있었던 건데.

어쭈. 네가? 네가 아니고 나겠지.

너네들 아주 꿈을 꾸는구나. 벽화 잘 그릴 생각이나 해라. 응?

아이들이 제각각 떠들어 댔다.

토요일과 일요일에 벽화를 그릴 거야. 마라톤 훈련도 병행하고. 마라톤 대회에 나가는 한 달 뒤까지 완성해야 하니까 시간이 빡빡해. 두 가지 일 모두 강행군이야.

그러게 말이야. 정말 바이슨이 제정신이 아닌 거야.

그래. 달리기를 좋아하면 자기나 달리지 왜 우리까지 달리라고 난리야. 선생들은 진짜 이해 못하겠어.

매튜가 팔을 휘둘렀다.

우리는 모두 그림 그리는 거 좋아하잖아. 그래서 이렇게 뭉치게 된 거고. 너희들도 나처럼 그림으로 마음속에 있는 말을 표현하려는 걸 거야. 그걸 발견한 사람이 바이슨이라고 생각해. 우리가 응모한 그림에서 말이야. 우리는 모르고 있지만 우리 그림에서 드러났던 거 아닐까. 그리고 우리는 바이슨 지시대로 테스트까지 통과했잖아. 시작했으니까 한번 미친 척하고 따라 보자.

맞아. 실은 그래. 나는 우리 가족 중에서 아무 존재감도 없어. 학교에서도 마찬가지야. 우리 집은 가난해. 아빠는 돈도 많이 못 버는 아프리카 음악을 하시니까. 나는 마음속에 하고 싶은 말이 너무 많아.

네스타. 나도 그래. 동생이 교통사고로 죽은 날부터 그림을 끼적이기 시작했어. 아무것도 할 수 없었으니까. 그냥 끼적이다 보면 동생의 얼굴이었어. 내가 끼적이는 그림이 동생에게 하고 싶은 말이라고 생각해.

나는 우리 엄마가 창피해. 그리고 불쌍해 죽겠어. 사람이 얼마나 외로우면 우리 엄마처럼 변할 수 있니. 끔찍해. 우리 엄마는 너무 뚱뚱해서 자동차도 못 타. 집 밖에 나가 본 지 5년이 넘었어. 아빠와 이혼한 뒤부터지. 그런데 아이들이 그런 엄마를 두었다고 나를 놀린다.

제시카가 훌쩍이기 시작했다.

갑자기 우리 분위기가 왜 이상한 드라마로 가고 있지? 걷어치우자 그만.

매튜가 벌떡 일어섰다.

좋아. 분위기 바꾸자. 우리가 하고 싶은 마음속의 말, 벽화에 다 그려 넣자.

그거다. 나도 정말 그렇게 되기를 바란다. 내 마음속에 붙어 펄럭이는 빨간 스티커들. 나는 그것들을 벽화를 그리며 날려 버리고 싶다. 바로 그것이 내가 보여 주고 싶은 모습일 것이다.

우리는 이제부터 여덟 번 함께 모여 벽화를 그리는 거야. 반드시 완성해야 돼. 그러니까 우리 빠지는 사람 없이 확실히 모이고 열심히 그리자.

훈련 시간에 절대 빠지기 없기다.

그러자. 우리 팀 한 달 동안은 죽었다 생각하고 달리고 그리기만 해야 하는 거네. 토요일에 학교에 오면 새터데이 스쿨 아이들 만나겠다.

우리들 중에 누구 새터데이 스쿨에 걸려 본 적 있니?

아니, 아직.

다들 고개를 저었다.

앞으로 한 달 동안은 그거 걸리면 절대 안 되겠다. 벽화 그리고 달려야 하니까.

네스타가 낄낄거렸다.

　새터데이 스쿨은 학교 규칙을 어기거나 문제를 일으킨 아이들을 다스리는 벌칙이다. 토요일에 벌칙으로 정해진 시간만큼 학교에 나와 공부하게 한다.

　토요일에도 학교에 나오고 싶으면 다음과 같이 행동하면 된다.

#지각 자주하기

#책에 낙서하기

　책은 학교에서 빌려서 공부하는 것이므로 깨끗이 쓰고 후배에게 물려줘야 한다.

#학교 안에서 모자 쓰기

　국기가 있는 곳에서는 모자를 쓸 수 없다. 미국인들은 국기를 숭배하나 보다.

#준비물 안 가져오기

　새터데이 스쿨을 원하지 않는다면 준비물을 못 챙기는 건 두 번으로 끝내야 한다.

#교실과 운동장을 지저분하게 어지르기

　위에 적힌 행위를 세 번 이상 저지르다가 적발되면 90분 동안 새터데이 스쿨에 나가는 벌을 받는다.

#벽이나 사물함에 낙서하기

그렇게 낙서하고 싶으면 그런 곳 말고 자기 공책에 낙서하기를 바란다. 힘들게 왜 그런 데 찾아다니면서 낙서하는지 모르겠다. 공책에 낙서하다 보면 멋진 그림을 그리게 될지도 모른다.

#복도에서 소리 지르거나 욕하기

남자아이들은 여럿이 몰려다니면서 툭하면 그런 짓을 한다. 여자아이들은 수다를 떨지만 남자아이들은 꼭 몸싸움을 벌인다.

#전자 게임기 소지하기

이상은 바로 90분 새터데이 스쿨로 간다.

다음은 바로 3시간 새터데이 스쿨로 직행하는 더 불량한 행동들이다.

#교사나 학교 직원에게 무례한 언행하기

설마 매튜가 미스터 바이슨에게 그러지는 않겠지.

#수업 빼먹기

#점심시간에 음식물 던지기

이것도 남자아이들이 잘 저지르는 짓이다. 진짜 지저분하다.

#눈덩이 던지기

학교에서는 눈싸움도 신중하게 해야 한다.

라이언이 새터데이 스쿨에 나온 거 본 아이가 있던데.

무슨 말썽으로?

수업에 빠졌나 봐.

걔 요즘 슬비하고 사귀던데.

야. 그런 얘기는 다른 때 하기. 우리 아직 벽화 아이디어 회의하는 중이잖아.

제시카가 나를 흘깃 보며 이야기를 끊었다.

벽화 프로젝트 회의에서 결정한 우리들의 아이디어를 미스터 바이슨에게 제출했다. 노스웨스트 바이킹스 인투 더 뉴 밀레니엄. 우리 학교인 노스웨스트 주니어 하이스쿨을 살려 벽화의 이름을 정했다. 나는 이제 그 제목에 어울리는 도안을 완성한다. 아직까지 아무도 그린 적 없는 새로운 벽화를 탄생시켜야 한다. 뉴 밀레니엄을 희망차게 달리는 우리들의 모습이다. 어떤 이미지로 드러날지는 알 수 없다. 벽화를 그리기 위해 함께 모인 신선한 에너지가 멋진 이미지를 만들어 내지 않을까. 그건 나 혼자 꾸며 낼 수 있는 게 아니니까.

상금을 생각하면 들뜨다가도 벽화 그릴 일을 생각하면 마음이 무거워진다. 상금을 생각하면 걸음이 투 스텝이다가 벽화를 생각하면 늘어진다. 어떻게 그려야 하나. 벽화, 벽화를. 벽화에 생각을 집중해 보자. 희망을 떠올리고 즐거워지는 그림. 벽화.

눈을 감고 생각을 떠올려 본다. 해바라기 꽃이 이어지는 옹벽, 농악대가 꽹과리를 두드리고 상모를 돌리는 아파트 담장, 파란 하늘 아래 흰 이를 드러낸 아이들이 달려가는 벽면의 그림 들이 떠올랐다. 한국에서 늘 대했던 벽화들이다. 그런 그림들을 스치면서도 벽화라고 여긴 적이 없었다. 그렇게 생각하고 보니 주위 이곳저곳에 벽화가 많다. 병원, 베이커리, 레크리에이션 센터 벽에도. 헌혈하고, 빵을 굽고, 농구 경기나 수영을 하는 벽화가 있다. 나도 모르게 벽화를 현실과 동떨어진 것으로 여기고 있었나 보다. 벽화는 나와 멀리 떨어져 있는 게 아니라 항상 가까운 곳에 있었다. 그런 벽화들을 떠올리자 왠지 즐거워진다. 뭔가 희망이 차오르는 기분도 든다. 이 느낌을 잊지 않기로 하자.

내가 난생처음으로 그릴 벽화다. 나는 벽화에 뉴 밀레니엄을 담아야 한다. 미스터 바이슨은 뉴 밀레니엄의 희망을 보여 달라고 했다. 나는 그 희망을 그려 낼 수 있을 것이다. 나는 신 나게 벽화를 그릴 것이고 그 벽화는 오래도록 학교에 남게 될 것이다.

뉴 밀레니엄이 왔다. 뉴 밀레니엄을 앞두고 모두들 난리였다. 특히 컴퓨터 수업 시간이면 더욱 그 이야기로 시끄러웠다. Y2K 문제|2000년 문제. Y는 연도, K는 1000을 뜻하는 kilo|가 벌어질 거라는 이야기였다. 암호 같은 그 글자 조합이 무엇인가 묻는 우리에게 수학 선생님은 이렇게 경고했다.

1963년을 예로 들자. 1963에서 앞 두 자리 숫자를 빼고 63만 저장하면 그만큼 시간과 돈을 아낄 수 있었어. 그런데 2000년이 되면 이걸 1900년으로 해석해야 할지, 2000년으로 해석해야 할지 컴퓨터가 판단하지 못한다는 거야. 문제지 문제. 밀레니엄 버그. 심각해.

1999년 12월 31일에서 2000년 1월 1일로 넘어갈 때, Y2K 문제가 해결되지 않은 컴퓨터 시계는 연도를 자동으로 설정해 버린다고 했다. 그래서 그 전에 문제를 해결하지 않으면 안 된다는 것이었다. 2000년 1월 1일이 되면 세상이 그렇게 이상하게 달라질 수도 있다고 했다. 그럴 것 같기도 했다. 그날부터 컴퓨터의 모든 시스템이 뒤바뀐다면. 12월 31일 자정까지 전 밀레니엄 방식으로 이어 온 작업들이 바로 뒤 자정을 넘어 1월 1일이 되는 순간 흔적도 없이 사라지거나 엉뚱하게 변해 괴물이 되어 버리는 것이었다. 2000이라는 숫자를 다시 보았다. 무섭고 신기했다. 과연 어떻게 될까. 뉴 밀레니엄은 그렇게 이상하게 올까. 그런데 뉴 밀레니엄은 그런 이상한 일 없이 조용히 왔다.

마라톤 대회에 참가하는 날 벽화도 완성해야 한다. 미스터 바이슨은 두 행사의 날짜를 맞췄고 그날을 향해 지금부터 강행군을 하겠다는 거다.

무슨 음모가 아닐까.

누군가 중얼거렸다.

글쎄, 우리를 골탕 먹이려고 날짜를 그렇게 맞춘 거겠지.

바이슨 혼자 꾸며 온 음모인 게 분명해.

누가 비약했다.

그게 음모라면 뭔가 자기한테 이득이 있어야 하잖아. 공연히 할 일 없이 그러겠어. 그게 뭘까.

학교나 교육청에서 상 받으려고? 우리들 내세워 가지고.

글쎄, 그런 일로 선생에게 상도 주나?

그럼 우리도 받아야 되는 거 아냐? 바이슨 혼자만 받으면 안 되지. 우리는 이용만 당하는 거잖아.

애들아. 어쨌든 우리가 벽화 프로젝트 팀원으로 뽑혔으니까 그냥 벽화만 생각하고 그려 보자. 우리가 졸업한 뒤에도 벽화는 저 벽에 그대로 남을 거잖아. 그게 멋지지 않니?

맞아. 정말. 나중에 어른이 된 뒤에 꼭 다시 학교에 와서 벽화를 봐야지.

제시카가 손뼉을 치며 웃음을 지었다.

그래. 그리고 이제 별 수 없잖아.

그런데 미스터 바이슨은 언제부터 이 일을 궁리해 왔을까. 왜 이런 생각을 했을까. 학교에서 벽화 프로젝트를 기획한 건 뉴 밀레니엄을 기념하는 의미라고 하니 이해가 된다. 마라톤 대회에 참가하는 건 순전히 미스터 바이슨 혼자만의 생각일 것이다. 미스터 바이슨은 우리들을 들소처럼 몰지 않으면 안 되었을까. 들소 몰이꾼은 들소들을 몰아야 살 수 있다. 미스터 바이슨도 우리들을 몰아야 살 수 있는 건가.

더 생각해 볼 여유도 없었다. 바로 마라톤 훈련이 시작됐다. 보통날은 학교 운동장을 달리고 비가 오는 날은 레크리에이션 센터의 실내 트랙을 달리기로 했다.

자, 이제 우리 벽화 팀은 마라톤으로 더 강하게 뭉칠 것이다. 목표는 마라톤 하프 코스, 목표 시간은 2시간 20분이다. 너희들의 동기를 북돋우려고 목표 시간을 정했다. 그 시간에 완주하려고 무리해서 몸을 다칠 필요는 없다. 목표 시간 안에 완주하면 좋겠으나 팀워크를 다지는 데 의미가 있으므로 완주만 해도 성공이다. 하프 마라톤은 10킬로미터와 풀코스 마라톤의 중간 거리다. 두 코스를 잘 절충하는 전략이 필요하다. 경기 초반에 속도를 줄이고 인내심을 유지하며 달리는 것이 유리하다. 너희들은 그 훈련을 하게 될 것이다. 무턱대고 덤벼들었다가 부상을 당할 수도 있다. 뜻은 좋은데 결과가 뜻하지 않은 방향으로 나온다면 안 하느니만 못하다. 이 훈련을 시작한 취지와도 어긋난다. 부상을 당하지 않는 훈련법을 익혀 두면 무사히 하프 코스를 달릴 수 있다. 자, 힘내라. 너희들은 할 수 있다. 달라질 수 있다.

미스터 바이슨 말대로라면 마라톤과 벽화 프로젝트가 우리들을 변화시킬 수 있는 거다. 그건 꿈을 이룰 수 있다는 자신감을 가지라는 말이겠지. '우리는 달라질 수 있다', 그 문장이 우리에게 정말 딱 들어맞으려나 보다. 네스타, 매튜, 제시카, 그리고 나, 우리의 달라진 모습을 생각해 본다. 그 모습을 벽화로 옮기자. 우리들이 뉴 밀레니엄을 희망차게 달리는 모습을.

남자아이와 여자아이를 한 명씩 번갈아 배치해 보기도 하고 여자아이끼리 남자아이끼리 배치해 보기도 했다. 아무래도 한 명씩 번갈아 배치하는 게 나아 보였다. 아이들의 바이킹 투구는 붉은 노을색으로 정했다. 언젠가 피크닉 갔던 날 해가 질 무렵 보았던 하늘의 색이다.

얼굴 모습을 그리며 고민하고 있는데 갑자기 머리가 시원해지는 아이디어가 떠올랐다. 생각이 떠오르고 보니 어떻게 그 생각을 미리 못했는지 이상했다. 네 명의 아이들, 남자아이 둘에 여자아이 둘이면 바로 우리 벽화 팀원들이다. 우리들의 얼굴 모습을 그리면 되겠다는 생각이다. 그 생각을 하고 나자 도안하기가 부쩍 쉬워졌다. 남자아이 둘은 매튜와 네스타의 모습을, 여자아이 둘은 제시카와 내 모습으로 그리기 시작했다. 매튜 옆에는 제시카를, 그다음에는 네스타와 나를 차례로 배치했다. 마치 우리 넷이 살아 움직이는 느낌이다.

아이들이 신고 있는 신발은 첫 번째 마라톤 훈련 때 신고 나오는 걸 본 뒤에 그리기로 했다. 옷차림과 옷의 색깔은 평소에 아이들이 잘 입는 스타일에서 조금씩 변화를 주기로 했다. 매튜는 목걸이를 좋아하고 몸에 맞는 옷을 입는다. 네스타는 팔찌를 좋아하고 헐렁한 옷을 잘 입는다. 제시카는 미니 스커트나 원피스를 좋아한다. 나는 청바지와 몸에 꼭 맞는 티셔츠를 잘 입는다. 도안을 하다 보니 우리들의 특징이 확연히 드러나는 걸 알 수 있었다. 아이들을 떠올리느라 계속 웃음이 나왔다. 웃으며 그림을 그렸다.

첫 번째 훈련

화요일, 목요일, 토요일, 일요일. 우리 팀원의 마라톤 훈련날이다. 화요일, 드디어 첫 번째 훈련날이 다가왔다. 수업이 끝나고 4시에 학교 운동장으로 모이기로 했다. 시간이 가까워지자 아이들이 투덜거리며 모여들었다. 미스터 바이슨은 운동복 차림으로 정확히 4시에 운동장으로 나왔다. 미스터 바이슨이 달리기 전 몸 풀기 스트레칭을 지도했다. 이 훈련이 정말로 벽화를 잘 그릴 수 있는 힘을 이끌어 내기를. 스트레칭을 하며 나 자신에게 주문을 걸었다.

스트레칭을 마친 우리들에게 미스터 바이슨은 이렇게 말했다.

첫 훈련인 오늘은 트랙을 열 바퀴 달린다. 앞으로 훈련할 때마다 한 바퀴씩 늘리도록 하겠다. 달리며 이야기를 나눠도 좋고 음악을 들어도 좋다. 어쨌든 열 바퀴를 끝까지 달려라. 그게 오늘의 목표다. 그리고 참가일 일주일 전에는 실제 거리를 10킬로미터 이상 달려 대회 현장의 감각을 경험할 것이다. 가능하면 쿠션감이 있는 러닝화를 구해 신도록 해라. 보통 운동화로 장거리를 달리면 발에 부상을 입을 수 있다.

뭐야. 매번 한 바퀴씩 늘린다고? 죽겠다, 정말.

순 강제야. 여기가 군대냐.

미스터 바이슨이 듣거나 말거나 아이들이 중얼거렸다.

미스터 바이슨이 출발 신호를 내렸다. 두 바퀴째부터 옆구리가 쑤시고 머리도 쿵쿵거렸다. 계속 달릴 수 있을까 걱정되었다. 갑자기 달릴 때 옆구리가 쑤시는 경험은 종종 했지만 왜 머리는 쿵쿵거리지. 혹시 나도 모르는 사이에 무서운 병에 걸린 건 아닐까. 그 병은 이렇게 달리면 절대 안 되는 병이 아닐까. 머리가 아프다가 점점 심해져 쓰러지는 건 아닐까. 별별 걱정이 다 생겼다. 그런데 희한하게도 시간이 지남에 따라 조금씩 몸의 반응이 약해졌다. 걱정도 몸의 반응과 함께 슬며시 사라졌다. 아, 달리다가 죽는 병은 걸리지 않았구나. 안심이 되어 조금씩 속도를 내 보았다. 몸은 큰 문제될 게 없다는 듯 달리는 리듬에 적응이 되어 갔다.

미스터 바이슨도 함께 트랙을 달렸다. 우리들이 헷갈릴까 봐 그러는지 바퀴 수를 외치며 달렸다. 그냥 그 정도로 달리기만 하면 좋겠다. 그는 간격을 두고 우리들 한 사람 한 사람의 옆에 붙어 달렸다. 달리며 우리들을 어르고 달랬다.

그래 가지고 하프 코스를 완주하겠나. 달리는 자세가 틀렸다. 가슴을 펴고 팔을 내리라고 했지 않나.

어유, 저 잔소리. 제발 그냥 달리게 내버려 두기나 할 것이지.

매튜가 나를 한 바퀴 앞지르며 주먹을 흔들었다. 풋볼 선수인 매튜는 확실히 우리들과 달랐다. 출발도 빨랐지만 그다지 지쳐 보이지도 않았다. 지난번 테스트 때 제일 먼저 완주했던 네스타도 잘 달렸다. 뒤로 갈수록 힘이 실리는 것처럼 보였다. 그 애들은 뒤처진 나를 스치고 지나갈 때면 더 속력을 냈다. 나는 그 애들보다 두 트랙 정도 뒤처졌다. 제시카와 나는 간격은 벌어졌지만 처음부터 끝까지 같은 트랙을 달렸다.

트랙을 돌다 보니 나선형 공간에 갇힌 듯 어지럽게 느껴졌다. 무엇보다 타원형의 트랙을 계속해서 도는 달리기는 지루했다. 직선 달리기가 더 낫겠다는 생각이 무럭무럭 솟았다. 이건 무슨 지루함 극복하기 테스트인가. 불만이 차올랐고 그 불만을 발로 차며 달렸다. 일곱 바퀴째부터는 더 이상 달릴 힘이 없는 것 같았다. 더 이상 달리기도 싫었다. 그냥 멈춰 버렸으면. 그때 언제 다가왔는지 미스터 바이슨이 옆에서 소리를 꽥 질렀다.

제인. 너는 더 잘 달릴 수 있다. 달려라!

그의 고함에 놀라 일곱 바퀴를 마치고 여덟 바퀴를 돌았다. 이

제 두 바퀴만 돌면 된다는 생각으로 아홉 바퀴를, 마지막 바퀴라는 안도감으로 열 바퀴를 완주했다. 남자애들보다 느리기는 했지만 한 번도 걷지 않고 열 바퀴를 달렸다. 내가 제시카보다 조금 빨랐다. 미스터 바이슨은 열 바퀴 내내 우리들을 따라다니며 들들 볼았다. 들소 떼를 모는 몰이꾼처럼. 피니시 라인은 들소 떼가 추락하기 직전의 절벽인 셈이다. 미스터 바이슨은 그곳까지 우리들을 몰아갈 것이다. 들소 떼는 절벽에서 추락해 죽지만 우리들은 피니시 라인을 통과하며 다른 세계를 살게 될 것이다. 정말 그랬으면. 열 바퀴를 달리고 헉헉거리며 몸 풀기 스트레칭으로 훈련을 마무리했다.

트랙 달리기는 우리들이 트랙 밖으로 벗어나지 않도록 레인으로 끌어당기는 훈련인지도 모른다. 신기한 기분이다. 달리는 동안 빨간 스티커를 생각하지 않았다. 달리기가 내 마음에서 그것을 떼어낼 수 있다는 사실에 놀랐다. 피니시 라인을 통과하며 다른 세계를 살게 된 것이다. 훈련을 할 때마다 이렇게 떼어낼 수 있다면 빨간 스티커가 점점 줄어들겠지. 마라톤 대회에 나가 하프 코스를 완주하면 빨간 스티커를 모두 떼어낼 수 있을 것 같은 생각이 들었다.

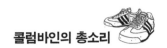

훈련을 마치고 샤워용품을 꺼내러 사물함으로 갔다. 백팩을 가지고 다닐 수 없게 된 지 벌써 1년이 되었다. 처음엔 짜증 나게 불편했는데 어느새 익숙해졌다. 소지품은 전부 개인 사물함에 두고 다니게 되었다.

그 비극적인 사건이 뉴스에 흘러나왔다. 콜로라도의 콜럼바인 하이스쿨에서 벌어진 총기 난사 사건. 학생 12명, 교사 1명이 숨졌다는 뉴스였다. 학교가 발칵 뒤집혔다. 오후 수업은 제대로 진행되지 못했다. 선생님들은 모두 긴장한 표정으로 아이들이 동요하지 않도록 살피며 귀가시켰다.

이게 무슨 일이라니. 부모님도 눈이 휘둥그레져서 퇴근하셨다.

그날은 화요일이었다. 다음 날은 임시 휴교였다. 우리 학교에도 혹시 그런 아이들이 숨어 있는 게 아닌가, 서로가 서로를 경계하는 눈초리였다. 두려움이 오래 이어졌다. 사람이 많이 모이는 곳에 머무르기가 두려웠다. 런치 룸도, 교실도, 도서관도, 체육관도. 그러니까 밥을 제대로 먹을 수도 없고, 공부도 제대로 할 수 없고, 운동도 마음 놓고 할 수 없게 된 것이다.

그 사건이 벌어진 뒤로 학교에 새로운 규칙들이 생겼다. 대표적인 일이 백팩을 메고 등교할 수 없게 된 것이었다. 흉기 소지를 예방하기 위해서라고 했다. 그때부터 간단한 소지품만 지니고 등교하게 되었다. 어차피 책은 학교에서 빌려 쓰고 수업이 끝나면 사물함에 두고 다니므로 문제가 되지 않았다.

그런데 그 점이 나로서는 제일 곤란했다. 엄마가 매일 이사하느냐고 놀릴 정도로 나는 백팩에 내 소지품을 다 넣고 학교에 다녔기 때문이다. 빨간 스티커를 본 뒤에 생긴 버릇인지도 모른다. 나는 어쩐지 중요한 물건을 지니고 다니지 않으면 잃을 것만 같았다. 그래서 항상 내게 중요한 물건들을 백팩에 모두 넣고 학교에 다녔다. 그런데 그 사건 때문에 어쩔 수 없게 되어 버렸다. 나는 중요한 걸 잃어버린 것 같은 기분으로 학교를 다녔다.

내가 느끼는 감정 중에 가장 강렬한 게 공포가 아닐까. 그때까지 그런 감정을 느낀 적은 없었다. 많은 사람들이 한 장소에 모여 있는 데에서 엄습하는 공포. 미국에 오기 전에는 느껴 본 적이 없는 감정이었다. 미국에 온 뒤로는 미국 학교가 좋다는 생각만 했었다. 그게 얼마나 어린애 같은 생각이었는지 깨달았다. 재미있던 학교생활이 공포의 감정에 빨려 들어갔다. 텔레비전에서 본 콜럼바인의 사건 현장이 자꾸 떠올랐다.

그들은 히틀러의 생일에 맞춰 범행을 저질렀다고 했다. 자살한 범인 두 명의 몸에는 폭탄 아홉 개가 설치되어 있었다. 그들은 자신의 몸을 산산조각 내고 싶었던 것이다. 어떤 생각에 빠지면 사람은 자신의 몸을 산산조각 내게 되는 걸까. 아름다운 다른 사람들의 몸까지도. 사람들의 몸은 아름답다. 언젠가 세상에 보여 줄 수많은 이야기와 생각들과 꿈을 품고 있기 때문이다. 범인들은 그 몸들을 자신들과 함께 산산조각 내고 말았다.

나는 아무리 작은 것이라도 파괴하는 사람은 존재하지 않기를 바란다. 아니 파괴하는 사람들이 저절로 사라지기를 바란다. 파괴의 에너지로 스스로가 소멸하는 거다. 자연이 스스로 복원되고 상처가 스스로 치유되듯이, 파괴가 스스로를 파괴하도록 말이다. 알지도 못하는 사람들이 우리 집에 쳐들어왔던 일도 나에게는 폭력이고 파괴였다. 그렇게 침입하듯 들어와서 마구 빨간 스티커를 붙이고 돌아다닌 일이 파괴가 아니고 무엇일까. 왜 그런 파괴가 버젓이 허용되는 걸까. 세상은 왜 그렇게 이상한 일들이 많이 벌어져도 아무렇지 않게 돌아가는 걸까.

그만 생각하자! 일기에 적었다. '그만 생각하자' 한 문장에 공포

한 점씩을 떼어내기로 했다. 그건 아름다운 몸이 훼손되었다는 생각을 할 때였다.

공포를 몇 조각으로 정할까 생각했다. 공포를 내 의지로 떼어내기 위해서였다. 서기 1999년, 그 숫자로 할까. 그러면 공포의 감정이 너무 커져서 안 되겠다. 내 생일을 나란히 놓으면 528, 그것도 너무 크다. 우리 동네 코럴빌의 역사를 따라 125로 할까. 그 정도가 알맞겠다. 바로 한 개를 떼어냈다. 공포 조각이 124개로 줄었다. 그렇게 지금까지 아름다운 몸이 훼손되었다는 생각이 들 때마다 한 개씩 공포 조각들을 떼어냈다. 하지만 그것들은 여전히 남아 있다. 앞으로 얼마나 더 걸려야 그것들을 다 떼어낼 수 있을까.

콜럼바인 하이스쿨은 해마다 그 사건이 벌어진 날 하루를 휴교하기로 결정했다. 교장은 사건이 났을 때 유치원생이었던 아이들이 고등학교를 졸업할 때까지 교장으로 남아 그 자리를 지키겠다고 선언했다. 그 결정들의 의미는 무엇일까. 그건 아름다운 몸이 무자비하게 훼손되어서는 안 된다는 다짐이 아닐까. 사람들과 아이들의 마음속에 빨간 스티커가 되어 붙었을 그 사건. 나는 그 사건이 벌어진 날인 화요일을 중심으로 다른 요일을 생각하게 되었다. 월요일은 그 화요일의 전날, 수요일은 그 화요일의 다음 날 하는 식으로.

미스터 바이슨은 그 사건을 겪은 뒤 그곳을 떠났다. 그는 그곳에서 멀리 떨어진 이곳 우리 학교로 왔다. 그러니까 그 사건이 우리와 미스터 바이슨을 만나게 한 셈일까. 미스터 바이슨의 기억에도 콜럼바인의 끔찍했던 시간은 빨간 스티커로 붙어 있을 것이다.

한국에서 지내던 어느 날, 부모님이 집에 안 계실 때였다. 모르는 사람들이 우악스럽게 들이닥쳤다. 누구냐고 물어볼 틈도 없었다. 그들 중 누가 나한테 뭐라고 했지만 기억나지 않았다. 다른 사람들은 가구며 가전제품에 빨간 스티커를 붙이고 다녔다. 그들이 빨간 스티커를 붙이는 곳마다 붉은 핏물이 흐르는 것 같았다. 무엇이 어떻게 잘못되면 한 가족의 살림이 이렇게 함부로 취급되는 걸까. 그 살림살이에는 우리 가족의 긴 시간이 쌓여 있을 터였다. 어떻게 이렇게 마구 우리 가족의 시간을 훼손할 수 있는 걸까. 그것이 무엇인지 알고 싶었다.

그들은 스티커를 다 붙이자 바로 우리 집을 떠났다. 내 컴퓨터 뒷면에도 스티커가 붙어 있었다. 스티커에 박혀 있는 글자를 읽어 보려는데 갑자기 스티커가 떨어졌다. 당장이라도 그 사람들이 달려와 왜 그 스티커를 훼손했느냐며 잡아갈 것 같았다. 나는 떨리는 손으로 스티커를 주워 원래 있던 자리에 붙여 놓았다. 그러고 나니 다른 스티커들도 걱정이었다. 이렇게 조금만 건드려도 떨어지는 거라면 다른 것들도 언제 떨어져 나갈지 모른다. 그럼 그 책임을 어떻게 다 져야 한단 말인가. 그치지 않는 눈물을 닦으며 생각했다. 그래도 동생이 혼자 있을 때 당하지 않아서 다행이다. 그

리고 다짐했다. 어느 누구도 우리를 함부로 다룰 수 없게 만들겠
다고.

　그 일이 벌어진 뒤로 내 마음속에 빨간 스티커가 붙었다. 떼어
버리고 싶어도 떨어지지 않았다. 내 마음은 그것을 생각할 때마다
쿡쿡 쑤셔 대기도 하고 흐느끼기도 하고 시름시름 앓기도 했다.
빨간 스티커들은 꿈속에서까지 펄럭이며 돌아다녔다. 그것은 내
마음속에 붙은 뒤로 떨어지기는커녕 점점 자리를 넓히는 것 같았
다. 빨간 스티커는 불행한 감정들을 모두 불러와 내게 퍼뜨렸다.
나는 그 감정들에 전염되어 불안, 초조, 미움, 원망, 폭력, 위협, 불
신, 공포에 휩싸이곤 했다. 빨간 스티커를 떼어낼 수 있는 시간은
그림을 그리는 동안뿐이었다. 그 감정들에 전염되지 않으려고 그
림을 그렸다.
　그런데 미스터 바이슨을 만났다. 나도 그처럼 달리면 될까. 빨
간 스티커를 떼어낼 수 있을까. 그래 미스터 바이슨을 따르자. 그
의 뒤를 달리자. 그가 몰아대면 모는 대로 질주하자. 마라톤 훈련
으로 빨간 스티커를 떼어 버리는 거다. 나는 이 훈련으로 내 안의
그것들을 모조리 날려 버리고 싶다.
　팀원들 모두 자신을 괴롭히는 빨간 스티커가 마음속에 붙어 있
다. 교통사고로 동생을 잃은 매튜도, 관심을 받지 못하는 네스타
도, 아이들에게 따돌림당하는 제시카도 떨어지지 않는 빨간 스티

커가 마음속에 붙어 있는 것이다. 나와 팀원들 모두의 마음을 쑤셔 대고 흐느끼고 앓게 하는 빨간 스티커를 마라톤으로 날려 버릴 수 있기를 바란다. 한 달 뒤 우리는 마라톤 하프 코스를 완주하며 거인으로 변신할지도 모른다. 변신에 관심이 많은 네스타야말로 놀라운 무엇으로 변신하게 되지 않을까.

함께 벽화를 그릴 아이들은 7학년인 네스타를 빼고는 모두 8학년이다. 네스타는 주위 사람을 즐겁게 만드는 힘이 있는 것 같다. 특히 이야기를 재미있게 한다. 네스타는 열 형제 중 여덟 번째로 많은 형제들 틈에서 존재감도 없다고 한다. 막내 동생은 이제 겨우 걸음마를 한다고 했다. 네스타의 아빠는 아프리카 음악을 연주하는 뮤지션이다.

매튜는 밴드부에서 자주 만나기는 하지만 친해지지는 못했었다. 법대 교수인 아빠와 한국인 엄마 사이에서 태어난 매튜는 교통사고로 동생을 잃었다. 매튜의 엄마가 신생아일 때 미국으로 입양되었다는 건 슬비가 말해 준 적이 있다. 슬비는 별걸 다 알고 있다. 그래서 매튜가 한국 아이들과 친하게 지낸다고도 했다.

제시카는 나만큼이나 그림 그리기를 좋아한다. 제시카는 동생이 둘 있는데 내 생일날 동생들과 함께 왔다. 제시카와는 처음 미국에 왔던 초등학교 6학년 때부터 친구로 지낸다.

도란도 그림 그리기를 좋아하는 한국 아이다. 안됐지만 달리기 테스트에서 탈락했다. 도란은 나보다 한 학기 먼저 이곳에 왔다.

처음 이곳에 와서 어리둥절해하는 나를 많이 도와주었다. ESL반도 함께 들었고 동네 도서관에도 같이 간다.

슬비는 말이 많고 불평도 많다. 게다가 지금 삐쳐서 말도 하지 않는 상태다. 슬비는 내가 하는 일이라면 무조건 끼어들려고 하는 아이다. 테스트에 통과해 함께 벽화를 그리게 되었더라면 마치 자기가 벽화 프로젝트의 주인공이나 된 듯이 행동했을 것이다. 이러쿵저러쿵하다가 도안이 결정되면 다시 뭐라고 불평할 테고. 한 달에 완성할 수 있는 작업이 그 아이가 끼면 두 달로 늘어날지도 모른다.

내 마음속에는 사람들을 나누는 저울이 있다. 저울엔 창조하는 편의 추와 파괴하는 편의 추가 있다. 슬비는 그 저울에서 자주 파괴하는 편으로 기울었다가 돌아오곤 한다. 나는 슬비가 파괴하는 편의 추로 아주 기울어 버릴까 봐 조마조마하다. 슬비에게는 안됐지만 나는 슬비가 테스트에서 탈락한 게 다행이라고 생각한다. 우리 학교와 벽화를 위해서나 팀원들을 위해서나.

나는 작년에도 표지 공모에 응모해 당선했다. 올해는 두 번째 응모여서 훨씬 더 열심히 그림 연습을 했다. 작년에 당선했는데 올해도 당선할 수 있을까 하는 걱정 때문이었다. 그런데 갑자기 미스터 바이슨이 나를 호출했다. 바이슨은 나에게 악수를 청하며 당선 소식을 알려 주었다.

당선 상금은 30달러였다. 작년에 이어 연속으로 내 그림이 앨범 표지 그림으로 뽑혔다. 미국 학교에서는 해마다 모든 학년이 앨범을 받는다. 학교 앨범에는 1년 동안 학교에서 열리는 행사와 전교생의 사진이 실린다. 전교생이 내가 표지를 그린 앨범을 갖는 것이다. 키가 무척 커진 느낌이었다.

상금으로 받은 30달러로 하고 싶은 게 너무 많았다. 그런데 벽화 프로젝트의 상금은 100달러란다. 기대도 하지 않았던 일이라 더 가슴이 뛴다. 앞으로 어떤 일이 또 일어나게 될까. 아침에 눈을 뜨면 생각한다. 오늘은 내게 어떤 일이 생길까. 어쩐지 자꾸 좋은 일이 생길 것만 같다. 그건 아마 내가 항상 뭔가를 준비하고 있기 때문이 아닐까.

벽화 프로젝트는 학교 앨범 표지 공모 당선이 불러온 일이다. 나에게 일어나는 일들은 꼬리를 물고 이어지나 보다. 표지 공모 당선은 무엇에 불려 나왔을까. 새로운 걸 찾는 나 자신으로부터인가. 여태 학교 앨범 표지 공모에서 연속 2년씩 당선한 일은 없었다고 했다. 처음 학교 뉴스레터에 나온 표지 공모를 보는 순간, 나는 숨이 3초간 멎었다. 상금 30달러. 예스! 상금을 타자! 내 힘으로 용돈을 벌어 보고 싶었다.

학교 앨범의 표지는 바이킹의 모습이 들어간다. 학교의 상징이 바이킹이기 때문이다. 그날부터 바이킹을 변형해 그리기 시작했다.

엄숙한 바이킹.

눈을 부릅뜬 바이킹.

웃는 바이킹.

노래하는 바이킹.

앞모습, 왼쪽 옆모습, 오른쪽 옆모습 등등.

지난 앨범 표지의 바이킹은 앞모습이었다. 나는 배를 모는 바이킹의 옆모습을 완성해 응모했다. 응모작을 제출할 때까지 바이킹을 백 번도 더 그렸다. 그랬더니 당선이었다. 미국에 온 지 얼마 안 된 내가 미국 애들을 물리치고 당선했다는 게 신기했다.

올해도 나만의 특징을 살려 바이킹의 모습을 그리고 싶었다. 나만의 특징이 무엇일까. 아무리 생각해도 그건 내가 그리고 싶은 대로 그리기였다. 그것밖에 다른 방법은 없었다. 평소에 바이킹을 보며 느꼈던 모습 그대로 그리기.

웃고 있는 바이킹의 오른쪽 옆모습을 그렸다. 바이킹 모습이 젊고 생생해졌다. 학교 이름도 캘리그래피 글씨체로 위치를 바꿔 써 보았다. 그냥 마음이 내키는 대로 여러 가지 모습으로 변형하며 그렸다. 참고하되 흉내 내지 말 것. 그 생각이 적중했나 보다. 작년에 이어 올해도 우리 학교 아이들 모두 한 권씩 갖게 될 앨범의 표지에 내 그림과 영문 사인 'Jane'이 들어가게 되었다. 멋지다.

미스터 바이슨이 나를 부르자 당선 소식임을 알아챈 슬비는 샐쭉했다. 슬비는 나를 쫓아 덩달아 응모했다. 나는 응모 마감일보다 일찍 접수를 마쳤다. 그때까지 슬비는 그림 연습은커녕 공모에 대해서 아무런 반응도 보이지 않았다. 그러더니 내가 응모했다는 말을 듣고는 함께 손톱을 그리다 말고 갑자기 빨리 돌아가야 한다며 집으로 갔다. 며칠 뒤 이렇게 소곤거렸다. 아주 만족스런 표정으로.

누구의 작품이 뽑힐까?

글쎄 말이야. 당선되면 상금이 30달러인데.

너 내가 당선되면 어쩌니?

어, 너도 응모했니?

그럼 했지. 왜, 나도 너만큼 잘 그린다.

그랬구나. 응모한다는 말 안 해서 너는 그런 데 관심 없는 줄 알았어.

아냐. 나도 관심 많아, 애. 나도 뭐든지 다 잘한다.

그랬는데 내가 당선했다. 슬비는 내게 축하한다는 말은커녕 말도 잘 걸지 않았다. 연습도 안 하고 응모했으면서 당선되기를 바라다니. 그런 자기가 잘못인 줄 알아야 하는데 슬비는 뭐든지 남의 탓만 한다. 내가 응모를 앞두고 얼마나 많이 연습했는데 그냥 당선한 줄 아나 보다. 그렇게 갑자기 손톱을 그리다 말고 달려가 그린 그림으로 다른 작품들과 겨루려 했다니 참 말도 안 된다. 그래도 테스트 대상이 된 걸 보면 잘 그리기는 했나 보다. 그런데 그 테스트에서마저 탈락했으니 얼마나 울고불고했을까. 앞으로 무슨 훼방을 놓지는 않을지 걱정이다. 제발 슬비가 파괴하는 편으로 기울어 버리지 않기를.

광고지 공부

수요일 저녁이다. 수요일은 그 화요일의 다음 날이어서 잊을 수 없기도 하지만 광고지 때문에 그냥 넘길 수 없는 날이기도 하다. 지금도 광고지를 기다린다. 동생과 나는 수요일마다 아파트 1층 현관에 배달되는 광고지를 기다린다. 주변 상가에서 돌리는 광고 지인데 수요일 저녁이면 어김없이 볼 수 있다.

저녁을 먹은 뒤 동생과 레크리에이션 센터에서 푸즈볼[테이블 축구] 게임을 했다. 우리처럼 저녁을 먹고 나온 가족들이 탁구나 농구 게 임을 하고 있었다. 저녁 메뉴는 스파게티였다. 내가 밥을 지으면 동 생은 설거지를 한다. 나는 누나니까 동생의 생활도 약간 관리한다. 그러지 않으면 동생의 생활은 지나치게 단순해진다. 게임으로 시간을 다 보내니까.

한국의 할아버지가 돌아가셔서 부모님이 집을 비웠던 동안에는 엄마 노릇을 조금 더 세심하게 했다.

오늘 수영하는 날이니까 늦지 않게 레크리에이션 센터로.

스파게티 소스 뭐로 할래, 버섯 토마토 아니면 비프 앤 갈릭?

그런 메모들을 계속해서 동생의 책상에 붙여 놓았다.

남대문 열렸는지 꼭 확인!

심지어는 그런 메모를 동생의 공책 앞에 붙여 놓기도 했다. 동생이 이렇게 말했다. 누나는 한마디로 엄마야. 엄마가 안 계셔도 불편한 걸 못 느낀 게 그 메모들 때문이야.

부모님은 슈퍼와 레스토랑에서 일하시니까 학교에서 돌아오면 집에는 동생과 나 둘뿐이다. 광고지를 보며 쇼핑 계획을 짜는 건 우리 남매의 주간 행사다. 이 일은 동생도 기꺼이 동참한다. 혹시 내가 일이 생겨 수요일의 광고지 행사에 빠지더라도 걱정이 없다. 동생이 대신하니까. 내가 훈련을 잘 시켰나 보다. 우리는 먼저 집에 떨어진 식품이나 물품이 무엇인지 살펴본다. 광고지를 펴 놓고 어느 품목을 어느 마트에서 더 싸게 파는지 색색의 형광펜으로 체크한다. 그리고 광고지에 붙어 있는 쿠폰들을 꼼꼼하게 챙겨 놓는다. 그다음 부모님과 장을 보러 간다.

광고지에는 리베이트라는 걸 해주는 품목들도 나와 있었다. 광고지의 쿠폰으로 물건을 사고 영수증을 회사로 보내면 나중에 그

회사에서 정해진 액수의 수표를 보내 주는 제도다. 이해할 수 없는 제도지만 두근거리는 마음으로 시도해 보았다. 그랬더니 몇 주 뒤에 정말로 수표를 보내 주었다. 동생과 그 돈을 나눠 가졌다. 가끔 리베이트 쿠폰이 생길 때마다 돈을 받아 동생과 나눴다. 돈을 받고 문득 생각했다. 나는 겨우 중학생이잖아. 살림에 너무 깊이 파고드는 건 아닐까. 하지만 어때. 다른 애들이 안 하는 일을 시도할 때 더 즐거우니까. 둘러봐도 우리 남매처럼 광고지를 샅샅이 공부하는 애들은 없었다.

엄마는 우리의 광고지 공부를 완전히 신뢰한다. 바쁜 엄마 대신 애써 줘서 얼마나 좋은지 모르겠다, 시간이 절약돼 정말 좋다고 한다. 마트에서도 동생과 나는 부모님보다 상품들을 빨리 찾는다. 상품이 진열된 순서를 한눈에 읽어 내기 때문이다. 집집마다 그렇지 않을까. 아이들이 마트에 부모님과 함께 가는 건 우리 집처럼 그런 이유일 듯싶은데.

그렇게 일주일은 금방 지나간다. 어느새 수요일이 되고 저녁이 다가온다. 그날도 그랬다. 휴교령으로 학교를 하루 쉰 그날도 다른 수요일과 마찬가지로 저녁이 되자 광고지가 도착했다. 동생과 나도 다른 수요일과 다름없이 서로 먼저 내려가 광고지를 가져오려고 즐거운 신경전을 벌였다. 가져온 다음에는 형광펜을 찾아 광고지를 향해 달려들었다. 필요한 품목을 체크했고 쿠폰들을 꼼꼼하게 챙겼다. 그러는 동안 콜럼바인을 까맣게 잊고 있었다. 그런

20% OFF COUPON

16% SALE
WAL·MART

SAVE $500
COOKIE & CHEESE

Special Sale!

★ HOT SALE ★ SINGLE ★ DOUBLE ★

300$

Bubble Drum
20% - 30%

1+1 COUPON

1+1 COUPON

30%~50%
SEASON OFF

CARPET
20%~30% SALE

나 자신에게 깜짝 놀랐다. 바로 어제 그토록 공포에 떨었던 일이 거짓인 것 같았다. 그 공포를 조각으로 나눠 한 개씩 지우며 벗어나겠다고 했던 게 사실이었던가. 믿을 수 없었다. 학교 수업도 정상으로 할 수 없게 만든 그 비극적인 사건이 광고지나 쿠폰 따위로 금세 잊힐 수 있다니.

두 번째 훈련

　나는 아직 쿠션감 있는 러닝화를 준비하지 못했다. 네스타는 형제의 것을 신었고, 제시카와 매튜는 새 러닝화를 신고 나왔다. 아이들의 러닝화를 유심히 관찰했다. 도안하고 있는 그림에 아직 신발을 그려 넣지 못했기 때문이다. 아이들의 신발을 보고 그리려고 남겨 두었다. 네스타의 러닝화는 빨간색이어서 눈에 띄었다. 매튜의 러닝화는 노랑과 녹색이 섞여 있다. 제시카의 러닝화는 검정과 핑크색이다. 머릿속에 아이들의 신발을 스케치해 두었다. 이제 신발만 그려 넣으면 도안은 완성된다.

　미스터 바이슨이 훈련하기 전 우리들을 상담실로 불렀다. 미스터 바이슨을 기다리며 아이들에게 물어보았다.

애들아. 너네들도 리베이트 쿠폰 써 봤어?

리베이트 쿠폰? 그게 뭐야?

매튜가 물었다. 들어 본 적도 없다는 투다. 매튜네는 쿠폰을 살펴보지 않는가 보다.

그거. 쿠폰 같은 거야. 광고지 보다가 발견하고 보냈는데 정말 돈을 주더라.

맞아. 우리 엄마가 해. 우리 엄마는 항상 쿠폰을 챙기거든.

네스타가 대답했다.

그전에는 우리 엄마도 그런 거 신경 쓰고 했는데 지금은 안 해. 우리 엄마는 아무것도 안 해.

제시카가 새 러닝화 끈을 매며 대답했다.

우리 엄마와 아빠는 항상 바쁘니까 동생과 내가 쿠폰 같은 거 챙기거든. 그러다가 생각났어. 작년 그 일이 벌어졌던 다음 날이 광고지 쿠폰 챙기는 날이었거든. 거기에 정신 팔다가 보니 콜럼바인 사건은 잊어버렸어. 너희들은 어땠니? 어떻게 그럴 수 있었는지 모르겠어.

아, 정말. 그 일이 있었지. 잊고 있었어.

아이들 모두 같은 대답이었다.

나는 그 사건 뒤로 어른이 된 듯한 기분이 들었어. 그들은 고등학생이었지만 내가 그들보다 훨씬 어른인 것 같았어. 우리 집은 부자도 아니고 형제만 많지. 나도 세상에 불만이 많지만 그런 식으로 남을 희생시키는 일을 저지르지는 않을 거야. 그 뉴스를 보는데 뭐랄까, 나 때문에 남을 희생시키지는 않겠다는 책임감 같은 게 더 강해지더라.

네스타의 말에 분위기가 침울해졌다. 아이들 모두 잊고 있던 콜럼바인을 떠올린 것이다.

사람은 어떤 계기로 어른이 되는 걸까. 나는 미국에 온 뒤로 갑자기 어른이 된 것 같다. 엄마와 카페에 처음 갔던 날 이후로, 미국에 오면서부터 부쩍 어른이 된듯하다. 이런 걸 철이 들었다고 하는 걸까.

다 모였나. 모두 시간을 잘 지키는군. 오늘은 하프 마라톤에 대해 알아 둬야 할 점을 이야기하겠다. 잊지 말고 기억해 실제 대회에서 적용하기를 바란다.

미스터 바이슨이 상담실에 들어오자마자 둘째 손가락을 쳐들고 웅변하기 시작했다.

먼저 출발할 때 주의할 점이다.

내 경험에 비추어 볼 때 출발 대열의 뒤에 서는 건 참가자가 많은 대회에서 유리하지 않다. 앞쪽의 느린 주자들을 뚫고 나가기가 힘들기 때문이다. 중간의 적당한 지점에서 출발해라.

출발한 뒤 처음 1~2킬로미터는 약간 느린 속도로 달린다.

몸을 푼다는 생각으로 천천히 달리도록 해라. 초반에는 절대로 빨리 달리면 안 된다. 중반 이후를 생각해 에너지를 아껴야 한다.

3킬로미터부터는 주변 사람들을 살펴본다.

너희들의 목표 시간대에 맞는 페이스메이커가 있다면 따라 달려 봐라. 에너지 소모를 줄일 수 있다. 초반에 달려 나가고 싶은 욕구를 억제해야 한다. 빠른 페이스는 실패를 불러올 수 있다. 초반에 몸의 신호를 무시하고 무리하게 밀어붙이면 후반에 무척 고생하게 된다. 경기 후반을 생각해 절대 페이스를 올리지 말고 에너지를 아껴라. 주변의 경쟁자가 너희들을 치고 나가더라도 현혹되지 말고 자신의 페이스를 지켜라. 너희들의 페이스를 지키면서 달리다 보면 얼마 가지 않아 그를 따라잡을 수 있을 것이다.

10킬로미터에 이르면 페이스와 몸 상태를 체크한다.

목표한 페이스대로 달리는데도 힘에 부친다면 너희들 몸에 문제가 있다는 증거다. 너희들의 신체 상태에 비해 목표가 지나쳤거나 코스와 날씨 등이 좋지 않은 것이다. 그렇다면 페이스를 낮춰라. 완주하는 게 목표다. 무리할 필요 없다. 힘들 때마다 주위를 둘러봐라. 주위 사람들에 비해 상당히 잘 달리고 있는 것을 발견할 수 있을 것이다. 여유를 갖고 신 나는 일을 떠올리는 것도 편안하게 완주할 수 있는 방법이다.

피니시 라인을 1~2킬로미터 남겨 둔 지점에서는 정신과 육체의 에너지를 모두 동원해야 한다.

단거리만큼 빨리 달리지는 못하겠지만 초 단위로 힘을 분배해 힘껏 달려라.

마지막 400미터에 집중해라.

피니시 라인을 향해 남아 있는 힘을 모두 태워 버려라.

우리는 미스터 바이슨의 장황한 연설에 완전히 얼이 빠졌다. 그냥 달리면 되는 거 아니었나. 그런 표정이었다. 한마디로 구간마다 전략이 필요하다는 것. 무작정 달리는 게 아니라는 말이었다.

미스터 바이슨은 멍해 있는 우리들을 운동장으로 내몰았다. 우리들은 들소 떼처럼 미스터 바이슨이 모는 대로 운동장으로 달려 나갔다.

오늘은 열한 바퀴다. 실시!

몸 풀기 스트레칭을 마치자 바로 출발 신호가 떨어졌다. 아이들은 첫 번째 훈련 때처럼 투덜거리지 않았다. 얼이 빠진 데다 질리기까지 한 표정들이었다. 시키는 대로 출발선에 섰고 신호가 울리자 출발했다.

제정신이 돌아오지 않은 채로 달렸다. 속으로 미스터 바이슨이 설명한 마라톤 이론을 되새겨 보았다. 첫 훈련날보다 한 바퀴를 더 달려야 한다는 부담 때문에 잘 생각나지도 않았다. 내게 맞는 러닝화를 떠올려 보기로 했다. 러닝화의 종류와 효과에 대해 찾아봤다. 새로 살 러닝화를 생각하니 새 러닝화와 이야기를 나누며 달리는 기분이었다. 트랙 열한 바퀴 도는 걸 훨씬 덜 지루하게 해 주었다. 즐거운 생각이 달리기를 지겹지 않게끔 도와주었다. 앞으로도 훈련할 때마다 재미있는 생각을 불러내야겠다. 한 바퀴에서는 러닝화의 종류를 생각했다. 훈련용 러닝화는 경주용보다 신발창이 두꺼워 바닥에 닿을 때의 충격을 잘 흡수할 수 있어야 한다.

두 바퀴를 돌며 신발 가게에 갈 시간을 생각했다. 주말에 부모님과 마트에 갈 건데 어느 마트에 운동화 종류가 많은지 미리 알아 두어야 시간을 아낄 수 있을 것이다. 부모님은 주말에도 출근하시니까 마냥 시간을 쓸 수 없다. 아직 러닝화를 신어 본 적이 없기 때문에 혼자 가면 서툴러 잘못 고를지도 모른다. 옆에서 조언을 해주는 사람이 필요하다. 신발은 발이 조금 붓는 오후에 사는 게 좋다는데 부모님 퇴근 시간과 맞지 않다. 오전에는 엄마가 시간을 낼 수 있지만 이번 주말 오전부터는 벽화를 그려야 하니까 내가 시간이 없다. 엄마에게 점심과 저녁 시간 사이에 잠깐만 시간을 내 달라고 해야겠다.

세 바퀴에서는 러닝화의 색깔을 떠올렸다. 제시카는 핑크색과 검정색 줄무늬가 있는 러닝화를 신었다. 나는 파랑색과 회색이 섞인 러닝화를 살 수 있으면 좋겠다고 생각했다.

네 바퀴에서는 러닝화를 여러 켤레 신어 보며 고르는 장면을 상상했다. 수많은 운동화들이 진열돼 있겠지. 그중에서 내게 맞는 걸 쉽게 고를 수 있을까. 눈에 띄는 운동화에 끌리겠지. 디자인이나 브랜드부터 볼 것이다. 점원에게 우리가 훈련하는 장소와 마라톤 대회에 맞는 러닝화를 추천해 달라고 하자.

다섯 바퀴에서는 점원이 추천한 러닝화가, 발가락이 끼이거나 너무 느슨하지는 않은지 살펴보는 상상을 했다. 발등이 눌리는 느낌이 있는지 발 앞쪽에 체중을 싣고 발뒤꿈치가 꽉 끼이는지 확인한다. 발끝에 1센티미터 정도의 여유가 있고 발가락이 자유롭게 움직일 수 있어야 한다. 다른 러닝화도 신어 보며 같은 방법으로 살펴본다. 그다음 러닝화를 신고 가게 안을 걸어 본다. 이윽고 발 전체를 부드럽게 감싸는 느낌이 드는 러닝화를 산다.

나머지 바퀴들은 앞의 생각들을 뒤섞고 교차시키고 정리하며 달렸다. 다른 아이들이 내 옆을 치고 나가는 게 별로 신경 쓰이지 않았다. 아이들이 한 바퀴를 더 달리는 바람에 힘들어 죽겠다고 널브러졌다.

퍼뜩 한 가지 생각이 마음을 쳤다. 아름다운 몸이 훼손되었다는 생각이 들 때마다 공포 조각을 떼어내기로 했다. 이제 그 생각을 바꿔야겠다. 더 좋은 생각이 떠올랐다. 앞으로 훈련을 할 때마다 공포 조각을 한 개씩 떼어내기로 하자. 그러면 나는 훨씬 빨리 그 조각들을 떼어낼 수 있게 된다. 이런 기회를 그냥 흘려버릴 수는 없다. 오오. 이렇게 좋은 생각이 찾아오다니. 벽화 프로젝트를 완성하고 마라톤 하프 코스를 완주하면 나는 빨간 스티커와 공포 조각들을 완전히 떼어 날려 버릴 수 있을 것이다. 미스터 바이슨도 아이들과 나도 아름다운 몸을 지킬 수 있게 되는 거다.

손톱 이야기

웬일로 슬비가 숙제를 같이 하자며 우리 집으로 놀러 왔다. 동생과 방을 같이 쓰는 게 불편할 때는 지금처럼 친구들이 놀러 왔을 때다. 동생은 얼른 거실로 나갔다. 슬비가 표지 공모에서 떨어진 뒤로 우리 사이가 어색해졌다. 미스터 바이슨의 테스트에서 탈락한 뒤에는 말도 잘 걸지 않고 있다. 숙제를 같이 하자는 말도 물론 없었다. 내가 저를 밀어 떨어뜨린 것도 아니고 테스트에서 탈락한 건데도 그런다. 그런 애가 어떻게 마음이 풀렸는지 모르겠다. 하긴 슬비가 나한테 삐쳤던 게 뭐 한두 번인가. 그러다 필요한 일이 생기면 언제 그랬느냐는 듯이 헤헤거리며 달려왔다.

슬비는 랭귀지 아트 시간에 내 준 짧은 이야기 쓰기 숙제를 같이 하자고 했다. 나는 줄거리를 쓴 다음 이야기를 풀어 나가고 있는 중이었다. 슬비는 도저히 어떻게 시작해야 좋을지 모르겠다고 했다. 지난번에는 과학 숙제로 나를 붙잡고 매달렸다. 짐승들이 도로에 뛰어들지 않게 하는 방법을 생각해 제출하라는 숙제였다. 도로 가장자리에 경보음 기기를 설치한다든가 짐승들이 싫어하는 냄새를 뿌려 놓는다든가 여러 가지 아이디어가 떠올랐다. 떠오르는 대로 작성하면 되는데 슬비는 그렇지 않았다. 내 아이디어를 보여 달라고 했다. 그래야 무슨 생각이 떠오를 것 같다고 혼자서는 아무 생각도 안 난다고 징징거렸다. 도무지 혼자 뭘 못하는 애다.

숙제 때문이라고 하지만 아마 손톱을 그리고 싶어 온 건지도 모른다. 삐쳐 있는 시간과 손톱을 가꿔야 하는 주기가 일치했나 보다. 아니면 손톱 그림이 벗겨진 모양을 참을 수 없어 삐친 마음을 풀기로 했던지. 슬비는 특히 내 손톱이라면 사족을 못 쓸 정도로 부러워하니까.

나는 마트에서 세일하는 매니큐어를 사 모으고 있다. 엄마와 함께 마트에 가면 한 개씩 사곤 한다. 손톱에 무늬를 내기 시작한 것도 그림을 그리다가 떠올라 해 본 거였다. 그림을 그리는 게 재미있어 손톱에도 그림을 그리는 기분으로 매니큐어를 칠했다. 한 가지 색을 입힌 다음 그 위에 여러 가지 색으로 무늬를 넣었다. 어느 날은 꽃무늬, 어느 날은 동물무늬, 어느 날은 기하학적인 무늬, 어느 날은 사람의 얼굴까지 다양하다. 정말 재미있다. 그려 넣고 싶

은 무늬들이 끊임없이 떠오른다. 태극기와 성조기를 그리기도 했다. 그건 정말 신선했다. 한국의 대통령이 미국을 방문했을 때 태극기를 그렸고, 독립 기념일에 성조기를 그렸고, 링컨 기념일에는 링컨의 얼굴을 그리기도 했다.

손톱에는 기분을 나타낼 수도 있다. 손톱에 나타나는 웃고 찡그리는 표정에 따라 내 얼굴 근육도 같이 움직였다. 음악의 종류에 따라 손톱의 무늬가 어떻게 달라지는지 궁금해졌다. 동생과 동생의 친구가 아파트 주위를 돌아다니며 부르는 모차르트의 아리아 멜로디다. 그 아리아에 맞춰 매니큐어의 붓을 움직여 보았다. 아아아아 아아아아 아아아아아~. 그러자 〈피가로의 결혼〉이 수많은 점과 짧은 선으로 변한 무늬가 나왔다. 정말 무궁무진하다. 다른 걸 더 표현할 수는 없을까. 뭔가 더 멋진 게 있을 텐데.

역시 그랬다.

매니큐어 새로 산 거 없니? 있으면 보여 줘 봐.

슬비는 숙제하던 공책을 밀어 놓았다. 나는 숙제를 거의 마쳐 가고 있어서 급할 것도 없었다. 새로 산 매니큐어를 꺼내 보여 주었다.

색깔 너무 예쁘다. 우리 손톱 그린 다음에 숙제하면 어때? 그러자. 응?

슬비가 손톱을 내밀었다. 나보고 또 자기 손톱에 무늬를 그려 달라고 조른다. 이건 나더러 자기 머릿속에 들어와 달라는 거나 마찬가지 아닐까. 머릿속에서 무늬를 떠올린 다음 그리는 거니까. 왜 다른 사람이 자기 머릿속에 들어오길 바라는 거지. 그건 불쾌하지 않나. 웬만한 건 다 싫고 불쾌하고 제 취향이 아니면 무시하는 애인데. 좋고 유쾌하고 남의 취향을 인정하는 말을 하는 건 쿨하지 않다고 믿는 애다. 그런데 왜 자기 손톱무늬를 내 마음대로 떠올리는 건 불쾌해하지 않을까. 네 손톱이니까 네 마음대로 칠하라고! 그렇게 무시하고 싶다.

네 마음대로 칠해 봐.

하지만 참고 그 정도로 말한다.

아이, 나는 이건 잘 못하겠어.

너도 잘할 수 있어. 자꾸 스스로 해 봐.

나는 잘 안 돼. 네가 칠해 줘. 네 것처럼 똑같이 예쁘게.

웬일로 얘가 고분고분하게 감겨든다. 슬비는 무늬가 입혀지는 자기 손톱을 지켜보며 계속 내 손톱을 번갈아 쳐다본다.

다른 아이들도 매니큐어를 칠하지만 나처럼 손톱에 아트를 하는 아이는 없다. 투박한 미국식이 아닌 아기자기한 내 손톱은 아이들 사이에 금방 소문이 났다. 어느 날 슬비가 매니큐어를 잔뜩 사 들고 와서 자기 손톱에도 내 것처럼 그림을 그려 달라고 했다.

선생님들에게도 내 손톱이 알려졌다. 어느 날 복도에서 마주친 과학 선생님이 내 손톱을 보자고 했다. 그 뒤로 나를 볼 때마다 오늘 내 손톱은 어떤 모양이니, 라며 내 손톱부터 보려고 한다. 매니큐어를 칠하지 않는 엄마도 내 손톱을 보면 즐거워한다. 오늘은 왜 푸른색이 많지, 하며 뭔가 새로운 점을 발견해 내며.

있잖아. 라이언이 내 손톱 정말 예쁘다고 한다.

이 계집애가 정말. 제 손톱을 칠해 달라며 나한테 그 말을 꼭 해야 하나. 손톱을 확 부러뜨리고 싶다. 내 마음속의 저울이 파괴하는 편으로 기울겠다. 제자리로 돌아가자.

슬비는 정말 웃긴다. 뭐든 내가 하는 대로만 따라 하려고 든다. 손톱이나 다른 건 그렇다 치자. 왜 하필 내 남자 친구인 라이언을 빼앗았을까. 제 남자 친구도 있었으면서 말이다. 왜 꼭 라이언이어야 하는지 모르겠다. 남의 손의 사과가 커 보이는 식인가, 아니면 그냥 훼방 놓는 건가. 아무리 아무나 사귈 수 있다고는 하지만. 이런 때는 정말 한 대 쥐어박아 떼어내 버리고 싶다. 빨간 스티커처럼. 공포 조각처럼.

슬비를 쥐어박고 싶을 때는 또 있다. 자기 부모님과 우리 부모님을 은근히 비교할 때다. 슬비 아빠는 한국 대학의 교수다. 교환교수로 이곳 대학에 나왔다고 했다. 우리 아빠는 한국에 있을 때 대기업의 직원이었다. 지금은 동양 장의 관리인으로 일한다.

아빠가 일을 쉬는 날은 우리 가족도 공원으로 피크닉을 간다. 마트에서 스테이크나 소시지를 사고 공원에 가서 숯을 피워 굽는다. 아빠는 고기를 굽고 엄마는 피크닉 테이블에 소스를 차려 놓는다. 아빠는 가끔씩 웃으며 캔 맥주를 마신다. 엄마는 감자를 포일에 싸서 꺼져 가는 숯불에 묻고 아빠와 우리는 야구공을 던졌다. 해가 지고 숯불도 꺼졌다. 해는 믿을 수 없이 빨갛게 타오르며 하늘을 물들였다. 그러고는 금세 졌다. 꺼져 가는 불씨에 물을 끼얹고 우리 가족은 피크닉을 마무리했다. 그때 하늘의 붉고 찬란한 빛을 벽화의 투구색으로 정했다.

야. 그만하자. 숙제해야 돼.

나도 마냥 봐주기는 싫다.

오, 미안. 그래. 숙제해야지.

그러고 나서도 슬비는 계속 수다만 떤다. 숙제하러 왔다는 건 거짓말 같다. 누가 누구와 만나고 누구와 헤어졌는지에 대한 이야기다. 나는 머릿속에 벽화 생각뿐이다. 하지만 슬비가 기분 나쁠까 봐 숙제를 열심히 하는 척한다.

너희들 벽화 함께 그리는 일 재미있어?

슬비가 넌지시 묻는다. 테스트에 통과하지 못해 울고불고했을 텐데 별일 아닌 척 묻는다.

이번 주말부터 시작이니까 아직 몰라. 마라톤 훈련이 힘들어.

진짜 하기 싫겠다. 그렇지? 바이슨은 왜 그런 걸 시키니. 애들은 마음에 드니?

매튜는 적극적이고 네스타는 말을 재미있게 하고 제시카는 상냥해.

그러니? 나는 네스타 같은 애 별로던데. 네스타는 수업을 같이 들어서 좀 아는데 웃기기는 하지. 걔네 집 되게 못살아. 형제만 엄청 많고. 그래서 걔는 집에서 있는지 없는지도 모른대.

이런 애다. 이렇게 생각이 없다. 나를 놀리는 건가. 우리 집이 가난하다는 걸 모르는 걸까. 아주 눈치가 없는 척하며 자기 아빠가 대학교수라고 은근히 뻐기는 것 같다. 얘가 이런 식으로 나오면 나도 어쩔 수 없다. 얘하고의 사이가 벌어지는 느낌이 든다. 이런 한심한 애하고 계속 친구 사이를 유지해야 하는 걸까. 어떤 때는 심각하게 그 점을 고민하기도 했다. 그 이야기를 안 하려고 했는데 할 수 없이 해야겠다.

7학년이 끝나는 여름방학식 날이었다. 학년을 마치는 날 우리는 학교 건너편에 있는 모리슨 파크에서 물싸움을 한다. 물싸움을 하는 데 필요한 모든 장비는 소방서에서 갖춰 준다. 소방서는 모리슨 파크 건너편에 있고 시청은 소방서 옆에 있다. 시청 앞 가로수는 뽕나무다. 오디가 까맣게 익어 가는 중이었다. 오디는 한국 것보다 알이 훨씬 굵었다. 오디가 열렸다는 건 엄마 때문에 알았다. 엄마는 무엇을 발견하는 데 달인이다. 엄마가 발견해 내는 것들을 바라보는 게 내 인생이라고 해도 틀리지 않을 것이다.

학교에서 간단하게 방학식을 마친 뒤 우리는 모두 모리슨 파크로 몰려갔다. 소방서에서 풀어 준 호스를 집어 들고 마구 물을 뿌리기 시작했다. 친구들과 정신없이 물싸움을 하는데 슬비가 보이지 않았다. 호스를 피해 도망 다녔는데도 온몸이 물로 흠뻑 젖어버렸다. 호스를 들고 나에게 물을 쏜 아이를 쫓아가다가 보았다. 슬비와 라이언이 벤치에 앉아 포옹하고 있었다. 아니, 슬비가 라이언을 껴안고 있었다. 꼭 여기서 그래야 하니. 그 둘에게 물을 발사할까 하다가 휙 돌아서서 다른 애를 향해 마구 물을 쏘았다.

어디선가 엄마 목소리가 들리는 것 같아 두리번거렸다. 도로에 차를 대고 엄마가 나를 부르고 있었다. 엄마는 점심시간이 지나 잠깐 시간이 나서 집에 들어가는 길인데 나를 태워 가려고 학교에 들렀다고 했다. 엄마한테 조금 기다리라고 하고 호스를 다른 애에게 넘긴 다음 차에 탔다.

차에 타자 엄마가 슬비 이야기를 꺼냈다.

나쁜 계집애. 슬비 걔 라이언이랑 껴안고 있더라. 저기 구석 벤치에서. 어쩐지 걔 엄마한테 정이 안 가더라니.

엄마는 마치 엄마가 물싸움을 한 것처럼 몸을 푸르르 떨었다. 이것도 일종의 발견인가. 사람의 속 모습 발견하기.

중학교에 들어와 첫 번째 여름방학이 시작되는 날이었다. 그날 슬비와 라이언이 포옹하고 있는 걸 보았다. 그런데 엄마가 학교로 나를 데리러 왔다가 그 장면을 목격했다. 엄마가 몸을 푸르르 떨었다. 엄마가 예민하게 반응하는 것 같다고 여겼다. 나도 슬비가 라이언과 사귀는 게 기분이 나쁘기는 하지만 우리들 사이에서는 보통 일어나는 일이다. 그리고 여기는 한국이 아니니까 아무 데서나 껴안고 있어도 상관없다. 나보다 오히려 엄마가 슬비에게 배신감을 느끼고 불쾌해했다. 우리들 사이가 뭐 깊은 연인 사이나 되는 것처럼. 그런데 좀 웃기기는 한다. 왜 내가 사귀는 라이언인가. 슬비는 왜 그럴까.

슬비가 돌아간 뒤 아직 마치지 못한 도안을 그리기 시작했다. 머릿속에 스케치해 두었던 아이들의 신발을 도안지에 옮겨 그렸다. 도안지 속의 네 아이들에게 신발을 신겨 주자 그림에 생동감이 돌았다. 아이들이 곧 밖으로 달려 나갈 것처럼 보였다. 신발을 그리지 않았을 때와 그렸을 때의 차이가 이렇게 클 줄은 몰랐다. 이제 도안을 완성했다. 내일 미스터 바이슨에게 제출할 것이다. 지난번 벽화 프로젝트 회의에서 결정한 우리들의 아이디어가 제대로 표현되었는지 긴장된다. 그러나 도안 속의 우리들 모습에서 힘을 얻는다.

엄마는 발견의 달인이다

엄마는 뭔가 놀라운 걸 발견하면 유레카를 외친다. 미국에 와서 처음으로 고속도로를 달릴 때였다.

유레카!

엄마가 갑자기 소리를 질렀다.

왜 그러서?

동생과 나의 눈이 합체한 것처럼 엄마에게 꽂혔다.

애들아, 지구가 정말 둥글다! 내다봐라.

창밖을 내다봤다. 정말 그랬다. 둥글다! 가슴이 쿵쿵 뛰었다.

신기하게 몸이 출렁거렸다. 바다 가운데에 나와 있는 듯한 느낌도 들었다. 다른 사람들은 아무도 그 사실을 발견하지 못했다. 그런데 엄마 혼자 놀라서 감격하고 있었다. 엄마는 역시 발견의 달인이었다. 혹시 엄마는 아르키메데스를 먼 조상으로 두었나. 나는 그런 엄마의 오직 하나뿐인 딸. 그럼 나도 그분의 먼 후손인가. 거대하고 둥그런 지평선이 고속도로를 달리고 있는 우리를 감쌌다. 어디서든지 우리는 둥근 지구의 한가운데에 있었다.

엉? 지구가 둥근 게 보인다고?

엄마의 감격에 운전하던 아빠가 약간 멍한 말투로 반응했다.

아빠, 지구가 정말 둥글어요!

동생과 내가 외치듯이 대답했다.

오! 나도 유레카! 이 사람들이 이래서 과학을 잘하는고?

아빠가 밖을 유심히 바라보더니 말했다.

이 동네만 이런가?

동생의 어처구니없는 말에 내가 고개를 홱 돌려 똑바로 쳐다보았다.

헤헤. 아닌가.

한국에서 사는 동안에는 지구가 둥근 걸 눈으로 직접 본 적이 없었다. 그냥 그렇다고 배웠을 뿐이다. 한국의 지형이 그러니까 당연하다. 그런데 여기는 학교에서 배운 내용이 그냥 눈앞에 펼쳐져 있다. 미국에 와서도 고속도로를 달리기 전에는 몰랐지 뭔가. 옛날 그 진리를 맨 처음 세상에 알린 사람은 매일 보게 되는 이 광경을 그냥 지나치지 않았던 거다. 왜 이런 광경이 나타나는지 줄

기차게 의문을 품었으리라.

　지금이라도 더 발견할 건 없을까. 둥근 지구를 뚫어지게 바라봤지만 나는 아무것도 발견하지 못했다. 대신 옛날의 그 위대한 발견자가 내 옆에 다가와 선 기분이 들었다. 내 어깨를 다독이며 이렇게 말하는 것 같았다. 너도 뭔가를 분명히 발견할 수 있다고, 실망하지 말라고. 둥근 땅덩어리를 보며 생각했다. 앞으로는 어떤 일들이 나를 놀라게 할까. 미국에 온 뒤 놀라운 일들이 계속 일어나고 있다. 동생의 변화도 나를 놀라게 한다.

나중에 누나가 결혼하면 자주 만나지 못하는 거야?

이건 또 무슨 소리인가. 멍하게 있던 식구들이 깜짝 놀라 동생을 바라보았다. 이건 나를 놀라게 할 일들의 다음 순서인가. 긴장되었다.

아니. 집 가까운 데 살면서 누나가 매일 놀러 가면 되지.

사람은 왜 태어나고 죽는 거야? 왜 영원히 살지 못하고 죽어야 하는 거야?

동생이 요즘 부쩍 이상해지긴 했다. 사춘기인가. 나는 저러지 않았는데. 놀다가 갑자기 멍해지기도 하고 자려고 누웠다가 벌떡 일어나 앉기도 한다.

죽는 게 두려워서 잠이 오지 않아. 왜 태어나고 죽는 거야?

뭐라고 대답해야 하나 고민하는 눈길로 엄마가 동생을 바라본다.

공부하다가도 그 생각 때문에 집중이 되지 않아.

이제는 하소연까지 한다. 너 때문에 내가 마라톤과 벽화에 집중이 안 된다. 정말로 그런 건지 공부하기 싫어서 주워섬기는 핑계인지 잘 모르겠다.

어떻게 죽음을 맞아야 하지? 죽을 때 고통이 심하다던데 어떻게 하지?

아, 얘가 점점 더 왜 이러지. 마음속에 무슨 반란이라도 일어났나.

마침내 엄마가 당혹스러운 표정을 지우지 못한 채 대답한다.

사람은 태어나고 자라서 병이 들면 죽는 법이야. 모든 생명체는 그렇게 소멸하는 거야. 그래야 자연계가 유지될 수 있잖아. 생명체가 소멸하지 않고 다 살아있다면 자연계가 뒤죽박죽일 거 아니겠니? 그래서 살아있는 동안 열심히 자기가 맡은 일을 해야 하는 거야.

엄마는 마지막 말은 하지 않는 게 나았다. 앞의 말도 멋지기는 한데 동생의 답답함을 시원하게 풀어 줄 듯싶지는 않다.

엄마와 아빠도 그런 생각을 했어?

그럼. 했고말고. 너보다도 훨씬 늦은 나이에 그랬지.

아빠가 동생의 머리를 쓰다듬으며 대답한다.

그렇구나.

동생이 한발 후퇴한다. 이 정도에서 끝낼 모양이다. 다행이다. 나한테 물어오면 어쩌나 걱정이었다.

누나도 그런 생각했어?

앗, 이런. 그냥 넘어가는 줄 알았더니. 뭐라고 대답하지. 큰일이다. 누가 힌트 좀 줬으면 좋겠다. 빨리.

엉? 누나? 실은 누나도 그거 고민 중이야. 같이 생각하자.

내가 생각해도 현명한 대답이다.

누나도 그래? 정말?

동생은 부모님과 나까지 같은 생각을 했다는 말에 안심이 되는 모양이다. 나도 일단 안심이다. 그러나 언제 다시 또 집요하게 물어올지 모른다. 왜 좋은 사람과 헤어져야 하는지도. 나는 동생에게 어떤 대답을 해줄 수 있을까. 내가 너무 생각 없이 사는 것 같다. 이건 미스터 바이슨 탓이기도 하다. 도무지 다른 생각을 할 수 없도록 마라톤과 벽화로 우리를 묶어 놓았으니까.

이렇게 대답해 줄까. 왜 좋은 사람과 헤어져야 하느냐고 물어온다면.

나중에 너한테 좋아하는 사람이 생기면 그 사람을 누나보다 더 좋아하게 될걸. 그러면 그 사람하고 더 같이 있고 싶을 테지. 나도 그런 사람이 생길 테니까 자연히 서로 분리되는 거지. 너도 디

스커버리 채널에서 동물의 세계 봤으니 알 거야. 동물은 사람보다 일찍 부모에게서 독립하잖아. 모두 그렇게 때가 되면 자연스럽게 헤어지겠지.

와아. 내가 생각해 냈지만 멋지다. 성숙하고 여유 있는 답이다. 언제 동생이 기습적으로 물어올지 모르니까 외우고 있어야겠다. 동생 덕분에 나도 조금 철학적인 생각을 해 보았다.

나는 동생과 방을 같이 쓴다. 내 방이 따로 없기 때문에 내 친구가 오면 동생이 거실에서 게임을 하거나 도서관에 간다. 미국에 온 뒤로는 그렇게 지낸다. 방 두 개짜리 아파트이기 때문이다. 우리 아파트는 2층에 있다. 이 아파트는 한국과 다르게 나무로 지어져 있다. 그래서 건물 안에 들어오면 나무 냄새가 난다. 나는 그 냄새가 좋다. 동생과 같이 방을 쓰는 데서 오는 불만도 그 냄새에 섞여 흐릿해진다.

우리 방에는 이층 침대가 있다. 통나무로 투박하게 짜 맞춰 만들어진 침대다. 동생과 나는 일주일마다 위아래 층을 바꿔 가며 잠을 잔다. 먼저 살던 가족이 우리에게 물려주고 갔다. 그 가족은 더 먼저 살던 사람에게 물려받았다고 했다. 우리도 이곳을 떠나며 다음에 살 사람에게 침대를 물려주게 될까. 이 침대는 얼마나 오래된 걸까.

우리 아파트의 바닥에는 전부 카펫이 깔려 있다. 집 바깥의 계단과 복도에는 털이 짧고 거친 카펫이 깔려 있다. 거실 바닥에는 갈색의 부드러운 카펫, 두 개의 방은 훨씬 낡은 베이지색 카펫이다. 부엌에만 카펫이 깔려 있지 않다. 부엌에는 큼직한 오븐이 설치되어 있다. 한국에서는 오븐이 있어도 써 본 적이 없는데 여기서는 자주 쓰게 된다. 쿠키와 옥수수를 구울 때 훨씬 편하고 맛도 훨씬 낫다.

부모님 방에는 원래부터 서랍장이 하나 놓여 있었다. 먼저 살던 사람이 물려주고 간 5단짜리 서랍장이다. 서랍장은 연노란색인데 꽃무늬가 있다. 그 무늬를 보고 있으면 은은한 향기가 나는 것 같다. 새로 들여온 프레임 없는 퀸 사이즈 침대도 놓여 있다. 처음 이 아파트에 왔을 때는 침대가 없어 부모님은 카펫 바닥에서 그냥 주무셨다. 일주일쯤 지나 귀국하는 한국 유학생 가족의 무빙 세일|전근을 가거나 외국으로 가는 경우 살림살이를 정리하기 위해 파는 것에서 침대를 샀다. 그 유학생 가족에게 산 물건이 더 있다. 세탁기다. 유학생 아저씨는 세탁기에 아무 이상이 없으니 잘 쓸 수 있을 거라며 운반해 주고는 웃으며 한국으로 돌아갔다.

세탁기를 사기 전에는 아파트 지하에 마련된 공동 세탁기를 썼다. 건조기까지 설치되어 있는 점은 편했지만 다른 사람의 세탁물이 세탁기 안에 담겨 있는 경우가 많아 불편했다. 정해진 순서 같은 게 없어 몇 번씩 오르락내리락하며 우리 차례를 기다려야 했다. 그러지 않으려면 세탁실에서 지키고 있다가 써야 할 텐데 그러기가 성가셨다. 책을 읽거나 그림을 그리며 기다리곤 했지만 좀

은 공간에서 빨래 냄새를 오래 맡고 있기가 답답했다.

유학생에게 산 물건 중에 제일 반가웠던 게 세탁기였다. 세탁기를 싱크대 옆으로 옮겨 놓고 작동해 보았다. 세탁기 호스와 수도꼭지를 연결할 곳이 싱크대뿐이었다. 세탁기는 수평이 맞지 않아 심하게 흔들렸다. 우선 엄마가 두 손으로 세탁기 몸체를 눌러 수평을 유지했다. 다음부터 세탁기 다리 밑에 종이를 접어 받쳤다. 하지만 그 방법은 일회용일 수밖에 없었다. 세탁이 끝나면 세탁기를 거치적거리지 않도록 벽 쪽으로 붙여 놓아야 했기 때문이다.

세탁을 시작하면 부엌에서는 물을 쓸 수 없었다. 부엌에서는 자주 물을 쓰기 때문에 세탁기 호스를 수도꼭지에 고정으로 설치해 사용할 수 없었다. 게다가 세탁기 호스는 짧았다. 우리는 부엌에서 조리하지 않을때만 세탁기 호스를 수도꼭지에 연결해 쓰고 나머지 시간에는 호스를 빼 세탁기 위에 올려놓았다.

그런데 이게 웬일인가. 얼마 지나지 않아 세탁기에서 물이 새기 시작했다. 3년 썼고 아무 이상이 없다고 80달러나 받아 간 세탁기였다. 엄마는 그래도 매번 건물 지하에 있는 세탁실을 이용하는 것보다는 낫다고 했다. 세탁할 때마다 세탁기 밑에 걸레가 수북하게 쌓였다. 미국 생활이 그렇게 구리고 폼이 안 나는 건 줄은 몰랐다.

우리 방에는 책상이 하나 있다. 거실에 책상이 하나 더 있는데 컴퓨터를 올려놓고 쓴다. 컴퓨터는 한국에서 올 때 아빠가 들고 온 것이다. 부모님은 미국에 도착하자마자 쓰게 될 거라며 컴퓨터 본체와 커다란 모니터를 가져왔다. 그것도 부치는 짐이 아닌 들고 갈 짐에 꾸렸다. 조심해 다뤄야 하는 컴퓨터이기 때문에. 그래서 우리 가족의 짐은 더 무거웠고 피난 행렬처럼 고단하게 보였다. 컴퓨터라서 한층 조심스럽게 다루느라 아빠의 어깨는 휘청하게 처졌다.

거실에는 텔레비전이 올라앉아 있는 작은 장식장이 있고 커피 테이블이 있다. 그리고 노란 소파가 두 개 있다. 벨벳 비슷한 천으로 만들어진 소파다. 소파는 새것이었을 때 굉장히 멋있었을 것 같다. 얼마나 오래되었는지, 몇 가족들이 물려 가며 써 왔는지 알 수 없다. 빅토리아 여왕 시대 사람에게 어울릴 듯한 모양이다. 군데군데 털이 빠져 있기는 하지만, 무엇보다 아주 푹신하고 편하다. 두 개뿐이라서 네 식구가 거실에 모이게 되면 두 사람은 거실 바닥에 내려앉는다. 그래도 카펫이 깔려 있어 부드러우니까 괜찮다.

한국에 있을 때와 다르게 여기서는 모든 물건이 귀하게 여겨진다. 가구도 가전제품도 그릇이나 살림 도구도. 완전히 못 쓰게 될 때까지 쓰라는 법이 있는 것 같지는 않은데 다들 그렇게 쓴다. 그래서 얼핏 살림살이만 보아서는 슬비네와 우리 집 형편이 다른 것 같지 않다. 그래서 기분이 살짝 나아지기도 한다. 방의 수는 적지만.

물려주고 물려받고 중고품을 사서 쓰고 낡아도 버리지 않고 또 팔고. 시간이 과거 시대로 한참 이동한 것 같다. 부츠를 신고 치렁치렁한 옷차림을 한 옛사람들이 옆에서 튀어나와 말을 걸어올 듯한 분위기다. 나만 혼자 과거로 뚝 떨어진 건가 해서 주위를 둘러본다. 빌딩들이 보이고 이어폰을 귀에 꽂고 달리는 사람들이 내 옆을 스쳐 간다. 그러면 아, 현실이구나, 하며 안심한다.

어른들은 주말이면 광고지에 난 창고 세일이나 무빙 세일을 찾아다닌다. 우리 부모님도 그렇고 보통 한국에서 온 어른들은 다 그런다. 쓰레기장에 가구나 가전제품이 나와 있다면 그건 버려진 게 아니다. 누군가 가져다 쓰라고 내놓은 물건이다. 우리 집도 선풍기를 주워 왔는데 아주 잘 작동해서 지금까지 쓰고 있다.

한 가지 소원이 있다. 나 혼자 쓸 수 있는 방. 하지만 그건 지금 말할 수 없는 소원이다. 부모님 속만 상하게 만드는 이야기다. 마음속에 담아 놓고 내 일기와 이야기하는 게 지금은 더 나을 것이다. 슬비가 부러운 건 딱 한 가지 자기 방을 가지고 있다는 것, 그것이다.

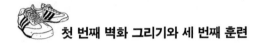

첫 번째 벽화 그리기와 세 번째 훈련

토요일 아침이다. 벽화를 그리는 첫날이다. 벽화 프로젝트 회의에서 결정한 우리들의 아이디어를 도안해 미스터 바이슨에게 제출했다. 미스터 바이슨은 내가 제출한 도안지를 보고 마라톤과 뉴밀레니엄을 연결할 생각을 했다니 놀랍다고 했다. 바이슨 같은 얼굴에 슬며시 웃는 표정이 지나가는 걸 보니 확실히 마음에 드는 것 같았다.

미스터 바이슨이 도안을 인쇄해 우리들에게 나누어 주었다. 머리에 바이킹 뿔이 달린 남자아이들과 여자아이들이 도안지 밖으로 달려 나올 듯 생생하다. 그 바이킹들의 신발이 내 몸을 차고 나갈 것 같다. 그들이 향하는 곳은 뉴 밀레니엄이다. 그들의 시선이 향하는 곳은 뉴 밀레니엄의 꿈이다.

마라톤 훈련까지 겹쳐 있어 도안하는 데 시간이 충분하지는 않았다. 벽화의 이미지를 잡아내려고 셀 수 없이 많은 벽화들을 떠올렸다. 떠오르는 대로 계속 스케치하고 또 했다. 머릿속에서 윤곽이 잡히면 켄트지에 그 윤곽을 옮겼다. 바이킹들이 달린다. 웃는 바이킹, 노래하는 바이킹, 날카로운 뿔, 둥글게 말려 올라간 뿔, 둥근 투구와 뾰족한 투구 등. 그 뿔 모양과 바이킹의 얼굴 모양 어울리게 조화 시키기.

아무것도 없던 종이 위에 바이킹 투구를 쓴 아이들의 윤곽이 나타나기 시작했다. 프로젝트 회의에서 아이들과 함께 짜낸 아이디어가 형체로 드러나고 있었다. 내가 그렸는데도 어디서 홀연히 나타난 것처럼 실감이 안 났다. 바이킹들의 자세와 표정에 집중했다. 도안지가 책상 위에 쌓였다. 쌓여 가는 도안지를 보며 잘 그려 낼 수 있다는 자신감도 생겼다. 계속해서 새로운 그림이 떠올랐다.

나는 벽화 그리기 일정표를 만들어 아이들에게 나누어 주었다.

첫째 날, 벽면에 바이킹의 위치 잡기.

둘째 날, 한 사람씩 바이킹 맡아 밑그림 그리기.

셋째 날, 각자 맡은 바이킹의 밑그림 완성하기.

넷째 날, 각자 맡은 바이킹에 색칠하기 시작.

다섯째 날, 바이킹 색칠하기 계속.

여섯째 날, 함께 벽화 평가하고 색 조정하기.

일곱째 날, 바탕색 칠하기.

여덟째 날, 바탕색 칠하기 마치고 캘리그래피로 '노스웨스트 바이킹스 인투 더 뉴 밀레니엄' 쓰기.

먼저 벽화를 그릴 재료와 도구를 쇼핑하기로 했다. 미스터 바이슨은 학교에서 기다릴 테니 잘 쇼핑해 보라고 했다. 우리는 학교 옆에 있는 월마트로 몰려갔다. 한국에서 소풍 가던 날 생각이 났다. 여러 가지 색깔의 페인트와 붓, 팔레트, 앞치마 등 살 게 많았다. 매튜와 네스타가 서로 카트를 밀겠다고 티격태격했다.

너희 초등학생이니? 그러지 말고 카트를 두 개 쓰는 건 어때?

제시카가 눈을 흘겼다.

아이들이 간식거리도 카트에 던져 넣었다. 매튜와 네스타가 게임기 코너 쪽으로 카트를 몰고 갔다.

나는 시계를 보았다.

우리 놀러 온 거 아닌데. 쇼핑하는 데 1시간밖에 쓸 수 없어.

매튜가 카트를 계산대 쪽으로 돌렸다.

본격적으로 벽화를 그리기 전에 한 가지 의식을 해 보자.

어떤?

별건 아니고 벽화가 멋지게 그려지기를 바라며 우리 자신을 위해 응원하는 거야.

좋아. 그러자.

학교로 돌아와 쇼핑 봉투를 풀어 정리했다. 미스터 바이슨이 우리가 사 온 재료를 점검했다.

오케이. 아주 합리적으로 쇼핑했구나. 그럼 시작해 보자.

우리들은 서로 손을 잡고 벽을 향해 섰다. 세 번 발을 굴렀다. Go, Vikings! 팔을 쳐들고 세 번 외쳤다. 한국에서 큰일을 시작하기 전에 지내는 고사가 생각났다. 미스터 바이슨이 박수를 쳤다. 벽화를 그리기 전에 항상 이 의식을 치르기로 했다.

드디어 내가 밑그림을 그리기 시작했다. 미스터 바이슨은 잠시 지켜보다가 돌아갔다. 인쇄한 도안지를 벽에 붙여 놓고 밑그림의 위치를 잡아 나갔다. 사다리에 올라서니 벽면이 바라보던 것보다 훨씬 넓게 느껴졌다. 그 벽면에 네 아이의 위치를 잡는 게 문제였다. 그림의 모든 부분을 평소 그리던 그림의 몇 배로 확대해야 했다. 바이킹 뿔의 크기만 해도 앨범 표지에 그리던 것보다 몇 배나 크게 그려야 하는데 도안지의 그림을 실제 벽면에 맞게 배치하는 일이 정말 어려웠다. 너무 작거나 크다는 생각과 줄곧 싸워야 했다. 그리다가 몇 번씩 사다리에서 내려와 각 부분의 크기와 전체의 조화를 확인했다.

매튜, 네스타, 제시카의 도움이 없다면 어떻게 되었을까. 나 혼자였더라면 도저히 할 수 없는 일이다. 큰 그림을 그린다는 부담 때문인지 온몸이 뻣뻣해졌다. 벽화에 대해 배운 적도 없고 그리는

걸 본 적도 없는데 잘못되면 어쩌지. 새삼 겁이 났다. 그러고 보니 학교 선생님들이야말로 겁이 없다. 아무것도 모르는 나에게 이런 큰 프로젝트를 맡기다니 말이다.

색을 입히는 일보다 밑그림을 그리는 게 훨씬 힘들다는 걸 깨달았다. 누가 다 그려 놓은 밑그림 위에 색만 칠하면 좋겠다는 생각도 했다. 그 생각은 작업을 지루하게 만들었다. 지루함을 떨치려고 노래를 흥얼거렸다. Lean on me~. 제시카가 함께 노래를 흥얼거렸다. 이 노래를 합창한 적이 있었다.

졸업식 날이 다가왔다. 6학년 마지막 학기에 들어와 졸업을 하게 되었다. 한국에서 졸업식을 못하고 떠나왔는데 여기서 할 수 있게 돼 다행이었다. 날씨는 덥고 잔디가 푸르렀다. 한국에서 못 보던 파란 꽃들이 곳곳에 피어 있었다. 초여름에 졸업식을 하니 어색했다. 졸업생의 복장 규정은 청바지나 티셔츠 따위를 제외한 단정한 복장이었다. 아이들의 옷차림을 보니 정말 단정했다. 나는 한국에서 가져온 베이지색 바지와 흰 블라우스를 입었다.

졸업식은 체육관에서 열렸고 학부모와 5학년생들이 참석했다. 재학생 현악합주단이 연주하는 위풍당당 행진곡에 맞춰 졸업생이 한 사람씩 입장했다. 졸업생은 50명이다. 나도 단상 앞을 지나 내 자리에 섰다. 학부모 석에서 엄마가 두 손으로 얼굴을 감싼 채 나를 바라보고 있었다. 분명히 감격해서 울컥한 거였다. 내가 엄마

울었지? 하면 아니야. 내가 언제, 할지 모른다. 엄마 딸인데 그걸 모를까 봐. 아빠도 시간을 내 참석했다.

교장 선생님이 간단하게 인사말을 마쳤다. 체격이 멋진 교장 선생님은 한쪽 다리를 절었다. 졸업생 모두가 자리에서 일어났다. 퇴임하는 음악 선생님의 지휘로 〈Lean on me〉를 합창했다. 그 뒤로 나도 모르게 이 노래를 흥얼거리곤 한다. 졸업식에서 가장 의미 있었던 순서는 '서기 2013년에'라는 예언이었다. 담당 선생님들이 졸업생 한 명 한 명을 앞으로 불러 그의 미래를 예언했다. 15년 뒤 우리들의 모습이었다. 선생님들은 늘 우리들을 뚫어지게 관찰하고 있었나 보다. 어떤 남자아이에게는 이렇게 예언했다.

서기 2013년에, 어, 나 그거 알고 있었어! 라는 코럴빌의 슬로건을 만든 사람이 되어 있을 거야.

그 애 자신도 체육관에 모인 어른들도 모두 웃었다. 평소에 아무 일에서나 잘난 척하는 애였다. 내 순서가 되어 선생님 앞으로 나갔다. 선생님은 나에게 이렇게 예언했다.

제인. 너는 캘리그래피로 유명해져 대학 전시관에서 전시회를 열 거야.

그 예언으로 나는 아이들과 어른들의 엄청난 박수를 받았다.

식이 끝나고 엄마한테 갔다.

네 마음에 들지 모르겠다. 급하게 월마트에서 샀는데.

엄마가 글라디올러스와 푸른 백합이 어우러진 엄청 예쁜 꽃다발을 내게 안겨 주었다.

엄마. 물론이죠. 이렇게 멋진 꽃다발이라면.

꽃다발을 들여다보는데 초등학교 1학년 여름방학 때 엄마와 헤어지던 순간이 떠올랐다. 엄마가 나 혼자 외할머니 댁에 다녀오라는 과제를 주었을 때다.

일곱 살의 모험

그래. 우리 한번 해보자. 너 해낼 수 있지?

응. 엄마. 할 수 있어.

나는 더 어렸을 때부터 엄마의 심부름은 무엇이든지 했다. 네 살 때도 두부 심부름을 다니며 거스름돈을 빠뜨리지 않고 챙겨 왔다.

그럼, 그럼. 네가 얼마나 똑똑한데. 너는 뭐든지 잘할 수 있는 아이야. 알았지?

응! 알았어.

누가 말 걸면 필요한 말만 또박또박 대답하고.

네! 알았습니다!

누가 어떤 말을 해도 따라가지 말고 이상한 일이 생기면 큰소리로 울며 주위 아줌마에게 달려가기. 알았지?

네!

어떻게 울지?

앙앙앙!

얼굴을 찡그리고 악을 써 보았다.

됐어. 이제 가자.

엄마는 내 손에 버스비를 쥐어 주며 손을 꼭 잡았다. 외할머니 댁까지는 버스를 두 번 탄다. 1시간 40분쯤 걸리는 거리다. 엄마와 같이 다닐 때 갈아타는 위치와 버스 노선과 번호를 익혀 두었다. 버스가 왔고 올라탔다. 왜 그런지 엄마가 한 손을 흔들며 한 손으로는 입을 가리고 있었다. 눈을 보니 웃고 있지 않았다. 엄마가 무슨 일로 흐느낄 때 짓는 표정인 것 같았다. 엄마가 왜 그러지?

그렇지만 나는 혼자 모험을 한다는 생각에 들떠 있었다. 엄마 표정은 금세 잊어버렸다. 첫 번째로 탄 버스는 종점에서 내리면 되었다. 거기서 길을 건너 다른 버스를 갈아탄다. 종점까지는 앞으로 펼쳐질 모험을 예상하며 마음을 띄웠다. 그렇다고 완전히 마음을 풀어 놓은 것은 아니었다. 머리의 한쪽 부분은 엄마와 연습한 내용을 잊지 않고 기억하는 데 썼다. 그러니까 아이들은 항상 머리를 몇 부분으로 구획해 써야 한다. 그래야 어른들과의 마찰을 줄일 수 있고 나 자신도 기분이 좋다. 이 모험에서 얻게 된 첫 번째 새로운 발견이다. 엄마가 나의 이 모험에서 발견하려는 게 이 것일까.

종점까지 가서 내린 사람은 나 혼자였다. 운전기사 아저씨가 조심해서 가거라, 했다. 이제 길을 건너서 버스를 갈아타면 된다. 길을 가다가 나쁜 사람을 만날까 봐 신경을 곤두세우고 걸었다. 눈에 힘을 잔뜩 주고 내가 생각하기에 가장 무섭고 똑똑해 보이는 표정을 지었다. 그래선지 나쁜 사람은 나타나지 않았다. 더위에 지쳤는지 모두들 늘어진 채 거리를 오가고 있었다. 나만 혼자 잔뜩 긴장한 모습이었다. 그래도 엄마와 연습한 자세를 유지하기로 했다.

걸어가며 몇 번 위험한 일이 생겼을 때 펼쳐야 할 연기를 연습하기도 했다. 소리치며 앙앙앙 울기. 한 번은 지나가던 어른이 그러는 나를 이상하다는 듯 힐끔 바라봤다. 조금 창피했다. 창피함은 순간이고 안전함은 영원할 것이었다. 그것도 이 모험에서 넘어야 할 한 과정이라고 여겼다.

갈아탈 버스가 왔다. 운전기사 아저씨에게 행선지가 맞는지 한번 확인했다. 버스에 올라 운전기사 아저씨 바로 뒷자리에 앉았다. 정거장 수가 헷갈리거나 잘 모르는 일이 생길 때 쉽게 물어보기 위해서였다. 나는 나름 내 나이가 할 수 있는 최대치의 철저한 자세를 취했다. 정신을 바짝 차리고 정거장 수를 세며 내릴 때까지 얼마나 남았는지 헤아리면서. 한 정거장이 남았을 때였다. 철저한 자세를 더욱 확고히 하려고 운전기사 아저씨에게 확인했다.

아저씨, 종합 운동장까지 몇 정거장 남았어요?

하마터면 외할머니 댁까지 얼마나 남았느냐고 물을 뻔했다.

다음이다.

음, 역시 맞구나.

아저씨, 고맙습니다.

그래. 착하다. 잘 가거라.

친절한 아저씨다. 나는 다음 정거장에서 내려 외할머니 댁에 무사히 도착했다. 도착할 때까지 걷는 동안에도 앞에서 실천한 내용들을 그대로 반복했다. 외할머니가 놀라며 나를 안아 집 안으로 들이셨다. 얼른 엄마한테 전화부터 했다. 당당하게 무사히 도착했음을 알렸다. 그 일로 이모와 외삼촌들이 이게 무슨 일이냐고 한바탕 소동을 벌였다. 어린 걸 혼자 돌아다니게 하는 엄마가 어디 있느냐고. 그러나 엄마는 이미 그때부터 발견의 달인이었다. 내가 그 모험을 해낼 수 있는 아이라는 걸 발견했던 거다.

꽃다발을 주는 엄마를 힘껏 안았다. 엄마 몸이 많이 마른 것 같았다. 식이 끝나고 학교에서 마련한 케이크 파티가 이어졌다. 부모님은 시간이 없어 사진만 찍기로 했다. 건물 밖으로 나와 학교를 배경으로 사진을 찍은 뒤 부모님은 바로 일터로 가셨다. 내가 졸업한 초등학교 Kirkwood Elementary School. 학교 잔디 운동장 가장자리에 세워진 팻말을 바라보았다. 나는 친구들과 사진을 더 찍으며 놀다가 집에 돌아왔다.

졸업식 장면이 선명하게 떠오른다. 웃고 있는 친구들의 얼굴과 우리들의 앞날을 예언하던 선생님의 모습, 합창했던 노래와 케이크, 파티 테이블의 냄새들. 나는 벽화 속 바이킹들의 눈에 그 모든 기억을 그려 넣을 것이다. 지금 이 벽화에 나의 기억과 꿈이 함께 그려지고 있다. 나의 과거와 현재와, 그리고 다가올 시간이. 나는 나의 기억과 시간을 사랑한다.

오늘은 주로 나 혼자 그림의 위치를 잡는 작업을 하기 때문에 아이들이 지루하지 않을까 신경이 쓰였다. 첫날부터 지루하면 벽화를 그리는 데 집중하지 않을 수도 있으니까. 아이들의 기색을 살폈다. 그런데 전혀 그런 걱정은 할 필요가 없었다. 아이들은 머리를 맞대고 도안지의 그림과 벽면에 그려진 그림의 위치가 맞는지 꼼꼼하게 살피며 확인하는 데 열중하고 있었다. 시간은 금세 지나갔다. 점심시간이 되었을 때 미스터 바이슨이 찾아왔다.

오. 원더풀! 예감이 아주 좋다. 틀림없이 멋진 그림이 나올 거야.

바이킹들의 위치를 바라보며 미스터 바이슨이 엄지손가락을 치켜들었다. 그는 우리를 학교에서 제일 가까운 레스토랑 애플비로 데리고 갔다. 우리는 샐러드와 스테이크를 주문했다. 미국에 온 뒤 가족과 이런 레스토랑에 와 본 적이 아직 없어 주문할 때 조금 우물쭈물했다. 함께 어울려 밥을 먹자 우리 사이가 도안지만큼 가까워진 기분이 들었다. 미스터 바이슨은 식사를 마치며 우리에게 외쳤다.

너희들은 분명히 꿈을 이룬 사람들이 되어 있을 것이다. 나는 그렇게 믿는다.

점심을 먹고 들어와 바로 벽을 향해 올라섰다. 아까 그리던 지점으로 돌아가 바이킹들의 모습을 조금씩 더 확장하기 시작했다. 아이들에게는 내가 구성한 페인트 색의 비율을 보여 주고 더 나은 색을 찾아보라고 주문했다. 내일부터는 아이들 각자에게 바이킹 한 사람씩을 정해 주고 밑그림을 그리게 할 것이다. 밑그림을 완성하면 전체의 조화를 살펴본 뒤 다음 시간에 색을 입힐 예정이다.

토요일 오후는 금세 지났다. 게다가 마라톤 훈련이 기다리고 있었다. 물감과 붓, 그림 재료를 사물함에 보관하고 옷을 갈아입었다.

잊지 않았겠지만 오늘은 열두 바퀴다. 출발!

운동장으로 모인 우리에게 미스터 바이슨이 외쳤다. 열두 바퀴, 아직은 테스트 때의 5,000미터에 못 미치는 거리다. 그 점에 안심이 되었다. 다음 훈련부터는 5,000미터를 넘어서는 거리를 달리게 된다. 무척 부담스럽다. 그 부담을 가볍게 날려 버릴 방법이 있으면 좋겠다. 오늘 훈련은 비현실적인 느낌이 지배했다. 벽화를 그린 첫날이기 때문일까. 트랙을 달리면서도 마치 벽의 그림 속에서 달리는 것처럼 이상했다. 벽화 속의 바이킹들이 그림 밖으로 나와 운동장을 달리는 느낌이었다고 할까. 그러니까 바이킹들이 우리들 자신인 것 같은 느낌이었다.

학교를 나서고도 집으로 돌아가기가 머뭇거려졌다. 다른 아이들도 같은 기분인지 머뭇거렸다. 지난번처럼 지친 모습도 보이지 않았다. 이것도 벽화를 그린 첫날이기 때문일까.

내일은 더 일찍 만나서 그리자.

매튜가 목소리를 높였다.

그래. 내일이 빨리 왔으면.

제시카가 두 손을 모았다.

내일 일요일이 우리들을 기다리고 있다. 벽화 밑그림을 그리는 날. 우리들의 모습이 드러나는 날. 내일을 더 빨리 오게 만드는 방법이 없을까.

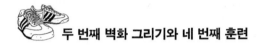

두 번째 벽화 그리기와 네 번째 훈련

매튜와 내가 그림 도구를 정리하고 있을 때 제시카와 네스타가
들어왔다.

제인, 매튜. 너희 둘이 먼저 나오기로 짠 거야?

네스타가 앞치마를 걸치며 우리 둘을 툭툭 친다.

에이, 제시카랑 네가 이상한데. 혹시, 너희 둘?

아니야. 애는. 네스타는 주차장에서 만났어.

제시카가 손을 저었다.

모두 앞치마를 걸치고 벽화 앞에 섰다. 서로 손을 잡고 발을 세
번 굴렀다. 팔을 쳐들고 'Go, Vikings!'를 세 번 외쳤다. 그런 다
음 아이들에게 도안 속의 바이킹을 하나씩 고르게 했다. 정말 신

기하게도 아이들은 내가 염두에 두고 그렸던 그대로 도안 속 자신의 바이킹을 선택했다. 매튜는 맨 왼쪽의 남자아이 바이킹을, 제시카는 그 옆의 여자아이 바이킹을, 네스타는 그 옆의 남자아이 바이킹을, 그리고 나는 나를 염두에 두고 도안한 맨 오른쪽의 여자아이 바이킹을 선택했다. 이제 우리들은 각자 자기 자신의 모습을 벽화로 그리는 것이다.

각자 맡은 바이킹의 밑그림을 그리기 시작했다. 우리들의 일요일 하루가 그대로 벽화의 밑그림으로 변하는 기분이었다. 그 기분을 어떻게 말하면 좋을지 모르겠다. 그냥 우리들이 벽화이고 벽화 속에서 살고 있는 느낌이었다.

엄마가 출근하는 길에 점심 도시락을 가져왔다. 엄마는 미스터 바이슨 몫까지 김밥과 유부 초밥, 샐러드와 된장국을 만들어 왔다. 미스터 바이슨이 샌드위치 봉투를 흔들어 보이며 내가 건네는 도시락을 받았다. 도시락을 내려놓고 돌아가는 엄마의 뒷모습을 바라보았다. 엄마의 어깨가 오른쪽으로 조금 기울어져 있었다. 오른손으로 칼질을 많이 하는 탓인가. 미국으로 가지고 갈 짐을 꾸리던 엄마의 모습이 생각났다. 그때 엄마의 머리는 쌓여 있는 짐 더미처럼 항상 헝클어져 있었다.

아이들은 모두 엄마가 싸 온 도시락을 잘 먹었다. 도시락을 먹으며 아이들에게 미국에 오던 때 이야기를 들려주었다.

미국은 비싸다

　법원이며 은행을 분주하게 돌아다니던 부모님은 마침내 커다란 이민 가방을 사 가지고 들어오셨다. 본격적으로 짐을 싸기 시작했다. 짐은 무척 많았다. 끝없이 많았다. 미국에 가면 모두 다 비쌀 거라고 했다. 그래서 짐이 도착할 때까지 필요한 살림들을 다 들고 간다고 했다. 컴퓨터 본체와 모니터도 들고 갈 거라고 했다. 그것만 해도 한 짐이었다. 그렇잖아도 처진 아빠 어깨가 더 기우뚱할 것 같았다.

　속옷과 양말 묶음이 이민 가방으로 들어갔다. 전압 변환기와 우산과 바늘과 실도 따라 들어갔다. 수건과 비누, 치약, 칫솔, 샴푸와 린스, 욕실 매트도 가방으로 들어갔다. 바지걸이와 양복걸이,

수세미와 행주도 들어갔다. 어떤 친척 어른이 김이 필요할 거라며 한 박스를 들고 왔고 그것도 가방으로 들어갔다. 다른 어른은 아이들 옷이 제일 필요할 거라며 동생과 내 옷을 사 들고 왔고 바로 가방으로 들어갔다.

엄마는 고추장, 된장에 고춧가루, 들깨 가루, 도토리묵 가루, 카레 가루, 녹말가루 등 모든 가루들을 다 불러와 가방으로 들여보냈다. 미국에 가서 짐을 받을 때까지 매일 저 가루들만 먹게 되는 게 아닌가 걱정되었다. 진공 포장을 해서 사 온 김치, 젓갈도 가방으로 들어갔다. 동생과 나의 교과서와 읽을 책들도 들어갔다.

그렇게 한국이 통째로 가방으로 들어갔다. 미국을 향해서. 한국과 작별하며 한국을 통째로 가방에 넣어 가지고 가는 것이었다. 부모님은 짐을 싸는 데 무슨 계통이나 순서가 있는 것 같지 않았다. 그저 물건을 사는 대로, 생기는 대로 집어넣는 식이었다. 보통 때의 엄마 아빠와 너무 달랐다. 부모님은 그렇게 불안정해 보였다. 짐은 꾸려지는 대로 현관에 세워 두었다. 커다란 이민 가방들이 현관에 쌓였다.

나는 엄마를 도와 짐을 싸고 친구들도 부지런히 만났다. 미국으로 가면 친구들을 다시는 못 만날 것 같았다. 친구들과 동네 주변의 문구점이나 떡볶이 집을 돌아다녔다. 모아 둔 용돈과 친척 어른들에게서 받은 돈으로 만화를 그릴 재료를 샀다. 나처럼 그림 그리기를 좋아하는 친구와 버스를 타고 큰 문구점에도 갔다. 미국에 가면 만화만 그릴 것처럼 열심히 연필과 종이를 골랐다. 친구가 헤어지는 선물로 그 재료들을 담아 가라며 예쁜 파우치(간단한 화장품 따위를 넣어 다니는 작은 가방)를 사 주었다. 나는 그 파우치에 '자질구리구리'라고 이름 지었다. 그건 이민 가방에 넣지 않고 내가 메고 갈 백팩에 넣었다.

미국으로 떠나던 날 외할머니는 우리를 배웅하려고 부랴부랴 공항으로 달려오셨다. 그러나 한발 늦고 말았다. 외할머니가 공항에 도착하셨을 때는 우리가 출국 심사대를 빠져나가 탑승한 뒤였다. 외할머니는 엄마가 좋아하는 한과를 들고 달려오시는 길이었다고 했다. 엄마는 외할머니가 손수 만든 한과를 유독 좋아한다. 외할머니는 나중에 전화 통화에서 그날 얘기를 하며 흐느끼셨다. 그걸 꼭 들려 보내고 싶으셨다면서.

비행기를 타고 오는 열두 시간 동안 동생과 나는 거의 잠을 자지 않았다. 처음 타 보는 비행기였다. 동생과 내가 비행기 안에서 폭발적인 관심을 기울였던 건 기내식이었다. 비행기가 이륙하고 얼마 지나지 않아 음식 냄새가 풍겨 오기 시작했다. 승무원들이 카트를 밀고 나타났다. 동생과 나에게 혼란이 찾아왔다. 카트가 점점 다가오며 우리는 더욱 혼란스러워졌다.

어떤 메뉴를 선택하지? 엄마는 뭐야? 아빠는? 나는 뭘 먹지?

동생과 나는 우왕좌왕했다. 엄마와 아빠가 그런 우리를 보고 서로 다른 걸로 시키고 맛을 보라고 했다. 아, 그러면 되는 거구나. 처음이었고 처음인 만큼 잘 선택하고 싶어 그랬나 보다.

동생과 나는 서로 다르게 선택한 기내식을 덜어 주며 맛을 보았다. 맛있는 기내식을 두 번이나 한 비행기의 한 자리에서 먹었다. 승무원들이 틈틈이 나눠 주는 음료수와 간식도 다 챙겨 먹었다. 영화도 보았다. 난생처음 하늘 위에서 관람하는 영화였고 음료수와 간식이었다. 그게 어떤 기분인지 서로에게 얘기하느라 우리는 잠을 잘 수 없었다. 동생과 나는 함께 만화도 그렸다. 승무원들이 보여 달라고 해서 설명해 주기도 했다.

그때 어떤 만화를 그렸어?

제시카가 물었다.

동생과 내가 비행기를 조종하는 그림이었어. 세계 일주를 하는 거야, 둘이서.

나는 아직 비행기를 타고 여행한 적이 없어. 제인이 부러운데.

네스타가 말했다.

나도 동생과 세계 일주를 할 수 있었더라면 좋았을 텐데. 그건 할 수 없게 되었지만 엄마의 나라, 한국에는 꼭 가 보고 싶어.

매튜가 두 손을 늘어뜨리며 말했다.

미국의 공항에 도착했을 때는 눈이 펑펑 내리고 있었다. 공항에 내리자 귀가 멍했다. 눈이 내리는 탓인지 아무 소리도 들리지 않았다. 그런데 그건 주위에 한국어를 쓰는 사람이 아무도 없기 때문이었다. 한국어로 말할 수 있는 건 우리 가족뿐이었다. 더 이상 우리말이 통하지 않는다는 생각이 고립된 기분에 휩싸이게 했다. 마치 우리가 그곳에 잡혀 온 것 같은 기분이었다. 그래서 동생과 나는 속삭이듯 말을 주고받았다.

우리의 목적지까지는 비행기를 한 번 갈아타야 했다. 갈아탈 비행기가 있는 곳까지는 공항 안을 운행하는 순환 열차로 이동하게 되어 있었다. 아빠가 순환 열차 편을 알아보겠다고 일어서 걸어갔다. 엄마와 우리는 그 자리에 꼼짝 않고 앉아 있었다. 다른 나라의 공항, 다른 나라 사람들 사이에서 아빠의 모습을 자세히 보게 되었다. 아빠의 턱은 뾰족해졌고 어깨도 앙상하게 변해 힘없이 처져 있었다. 아빠의 표정도 회사에 다닐 때와 달라져 있었다. 나는 초점이 없는 아빠의 눈을 보고 깜짝 놀랐다. 아빠의 얼굴에 보이지 않는 커다란 구멍이 나 있었다.

엄마가 아빠의 모습을 보고 두 손으로 얼굴을 감쌌다. 엄마도 나와 같은 생각을 하고 있었던 거다. 동생과 눈이 마주쳤다. 동생이 벌떡 일어나 아빠를 향해 뛰어갔다. 동생이 두 팔로 아빠의 허리를 감았다. 아빠가 놀라서 동생을 바라보았다. 아빠가 동생의 머리를 마구 헝클이며 웃었다. 잠시 뒤에 아빠와 동생이 돌아왔고 순환 열차는 자주 다닌다고 알렸다.

동생이 배가 고프다며 먹을 곳을 찾아 두리번거렸다. 시차 때문에 잘 알 수는 없지만 배가 고픈 걸 보니 먹을 때가 된 듯했다. 동생이 바로 앞에 있는 맥도널드에서 햄버거를 사자고 했다. 아빠가 줄을 섰다. 나와 동생도 아빠 옆에 섰다. 아빠와 동생은 빅맥, 엄마는 기본, 나는 피쉬버거를 사기로 했다. 우리 차례가 되어 점원이 뭐라고 했고 우리는 알아듣지 못했다. 아빠가 다시 한 번 천천히 말해 달라고 했다. 점원이 다시 한 번 천천히 말해 줬지만 그게 무슨 말인지 우리는 역시 알아듣지 못했다. 점원은 답답해했고 우리는 초조했다. 내가 메뉴 그림에서 우리가 원하는 버거들을 가리켰다. 점원이 다시 뭐라고 했다. 눈치로 보니 가지고 갈 건지, 여기서 먹을 건지를 묻는 것 같았다. 내가 손으로 바깥쪽을 가리켰다.

서울보다 콜라는 양이 더 많았고 더 차가웠다. 엄마는 콜라가 너무 차갑다고 턱을 부여잡았다. 아빠는 버거를 사느라 고생해서인지 입맛이 가신 듯했다. 우리가 미국에 도착해서 처음으로 무엇을 사 보았다는 것, 그 점에 동생과 나는 고무되었다. 동생과 나는 미국에 오면 저절로 영어로 말하게 되는 게 아니라는 걸 확실히 알게 되었다. 그 점이 실망스러웠지만 괜찮았다. 얼른 영어를 배워 말하고 싶은 생각이 더 컸다.

밑그림을 그리면서도 그때 생각이 계속 이어졌다.
제인!
헤이, 제인. 무슨 생각해? 그림 그리다가 혼자 웃고 있게.

127

아이들이 나를 기억 속에서 벽화 앞으로 불러냈다.

우리 잠깐 쉴까?

그러자. 뭐 좀 마시며 쉬었다가 다시 그리자.

뭐 마실래. 내가 뽑아 올게.

매튜가 지갑을 꺼냈다.

나는 코크.

네스타가 소리쳤다.

나는 스프라이트.

나도.

제시카와 나도 목소리를 올렸다.

매튜가 자판기에서 음료수들을 뽑아 왔다. 그때 공항의 그 차디
찬 콜라가 생각났다.

운동장으로 집합!

엄마의 도시락 때문인가. 미스터 바이슨의 목소리가 우렁차다.

매튜가 풋볼 공을 들고 나왔다. 스트레칭을 하면서도 공을 던지
고 굴렸다. 미스터 바이슨이 그런 매튜를 못마땅하게 바라보았다.

매튜. 그 공은 달리는 데 도움이 되지 않을 것 같다.

나한테는 도움이 될 것 같아요. 달리는 게 지루하니까요.

잊지 않았겠지. 오늘은 열세 바퀴다. 출발!

매튜는 풋볼 공을 안고 질주하는 식으로 달리기 시작했다. 어깨

를 들썩이며 공을 좌우로 옮기거나 뒤에서 달리고 있던 네스타에게 공을 던지기도 했다. 그러다가 공을 떨어뜨리는 바람에 네스타가 공에 발이 걸려 넘어질 뻔했다.

매튜. 당장 멈춰라! 그래도 그 공이 달리는 데 도움이 된다고 생각하나?

미스터 바이슨이 매튜를 불러 세워 위험한 행동을 꾸짖었다. 매튜가 풋볼 공을 트랙 밖으로 던졌다.

오늘 훈련은 출발할 때부터 부담이 되었다. 5,000미터가 넘는 거리를 달리게 될 것이기 때문이다. 그냥 모른 척하면 될 텐데 그렇게 되지가 않았다. 장거리 달리기가 심리전이라는 사실을 깨달았다. 부담은 바로 몸의 반응으로 나타났다. 열두 바퀴를 지나면서부터 체력이 바닥을 보이기 시작했다. 다리가 무거워 보폭이 좁아졌다. 땅을 디뎠는지 떠 있는지도 분간이 안 되고 비실거렸다. 미스터 바이슨이 어느새 바짝 옆에 붙어 나를 어르기 시작했다.

네가 오늘 왜 이런지 잘 알고 있다. 겨우 이 정도에서 심리전에 먹히나? 하프 코스는 이것의 네 배가 넘는다. 마라톤은 스스로의 체력은 물론이고 정신력을 길러야 완주할 수 있다. 자, 기운 내라. 마지막 한 바퀴다.

알았어요. 알았다고요!

미스터 바이슨이 아니라 나약해 빠진 스스로에게 소리를 질렀다.

 **슬비와 나**

　너 내 친구 맞니? 쟤들이 나보다 그렇게 좋으니? 저런 저질들이?

　벽화를 그리는 시간 말고도 자주 몰려다니는 우리들이 눈에 거슬렸나 보다. 슬비가 점심시간에 내 옆으로 오더니 따지고 들었다. 순 제멋대로다.

　누가 저질이라는 거야? 네가 어떻게 그런 말을 할 수 있어. 정말 좋은 애들이야. 다른 사람 존중하고 배려할 줄 알고.

　왜 그렇게 쟤들 편을 드니? 너 혹시 내가 라이언하고 사귄다고 질투 나서 그러는 거니?

　정말 어이가 없다. 친구라면 이런 말도 하지 말아야 한다. 툭하

면 삐치고 말 안 하고 제멋대로 구는 저야말로 내 친구가 맞기는
한가. 이런 애한테는 이런 애한테 맞는 말과 행동으로 대해야 한
다. 보통 사람을 대하는 식으로는 안 되겠다. 슬비의 엄마도 이런
식이었다. 마음속의 슬비를 재는 저울이 파괴하는 편으로 기운다.

야! 네가 나한테 어떻게 그런 말을 할 수 있니? 정말 야비하다.
네가 그따위로 말하니까 나도 더 이상 못 참겠다. 친구의 남자 친
구나 빼앗는 계집애! 너야말로 저질 중의 저질이야. 너 쟤들한테
한참 배워야 해.

내가 먼저 돌아서서 나왔다. 나쁜 계집애. 뭐 라이언? 질투? 그
게 자기가 먼저 할 말인가. 저질 계집애. 엄마가 왜 그렇게 푸르르
떨었는지 알 것 같았다. 엄마는 처음부터 이런 애인 줄 알았던 거
다. 엄마는 발견의 달인이 아닌가.

슬비 같은 애를 친구로 생각했다니 부끄럽다. 정말 부끄럽다.

 **표정 연구**

    도란네 가족이 우리 가족과 슬비네 가족, 다른 유학생 가족을 초대해 공원에서 파티를 한 적이 있다. 도란네는 LA 갈비를 재워 가지고 나왔고, 유학생 아저씨네는 맥주와 과일을 준비했다. 아저씨들이 숯을 피우고 갈비를 구웠다. 도란, 슬비와 나는 수다를 떨고 동생과 남자아이들은 공을 찼다.

    어른들과 아이들이 모여 식사를 시작했다. 슬비 엄마가 갈비를 뜯다가 웃는 얼굴로 나를 뜯어보았다.

    피부는 흰데 이가 보기 안 좋다. 교정해야겠네. 누구 닮아서 그러니?

    슬비 엄마가 웃으며 갑자기 내 흠을 꼬집어 냈다. 처음 보는 나한테 그런 말을 던지는 아줌마가 불편했다. 엄마를 바라보았다. 엄마는 어이없지만 초면이니 참아야지, 하는 표정이었다. 슬비는 그러는 자기 엄마 옆에서 빤히 나를 바라보고 있었다. 그렇게 난처한 기분은 처음이었다. 다시 슬비 엄마가 엄마에게 물었다.

이번 여름방학에 그 집 애들은 어디 캠프 안 보내나요? 슬비는 대학의 환경 캠프에 보내기로 했어요. 우리 슬비가 못하는 게 있어야지요. 호호. 도란이네는 무슨 계획 있어요?

네. 우리도 생각하는 중이에요. 아닌 게 아니라 여름방학이 좀 길어야지요. 지루하지 않게 애들 경험을 많이 시켜야 할 텐데.

엄마는 아무 답도 하지 않고 미소만 지었다.

그리고 한국 공부도 뒤처지지 않게 시켜야 하잖아요. 어차피 한국 돌아갈 건데 여기 식으로 공부하다가는 한국 돌아가서 바닥만 길걸요. 어디 능력 있는 과외 선생 좀 없을까. 우리 슬비는 다 잘하는데 수학이 쬐끔 처지거든요. 호호.

우리 도란이도 그래요. 과외는 한국 유학생들에게 시키던데, 특히 수학 전공인 유학생들은 과외생이 밀렸대요.

어머, 그래요. 내가 왜 여태 그걸 몰랐지. 그 집은 어때요? 애들 과외 안 시켜요?

여기서 무슨 과외까지 시키겠어요. 아이들이 알아서 하겠죠.

슬비 엄마의 물음에 엄마가 담담하게 대답했다.

아이고. 태평하시네. 나중에 큰코다치려고.

엄마의 대답에 슬비 엄마가 코웃음을 쳤다.

나는 슬비 엄마의 흉잡는 말에 갈비 맛이 떨어져 테이블을 벗어났다. 슬비 엄마는 호호거리며 우리 가족을 무시하고 있는 게 분명했다. 엄마는 도란네가 초대한 자리여서 언짢아도 피하지 못하고 지키고 있을 것이다. 처음 가 보는 공원 파티이고 도란, 슬비와 놀 생각으로 들떴었는데, 슬비 엄마 때문에 기분만 상했다. 어른에게 함부로 불평할 수도 없고 점점 우울해졌다.

그러나 상대가 내 기분을 상하게 했다고 해서 내가 상대에게 똑같이 대할 수는 없다. 그럼 항상 이렇게 준비 없이 억울하게 당해야 하나. 그럴 수는 없다. 난처한 기분을 빨리 털어 버리자. 나는 중요한 일 한 가지를 결정했다. 이런 일이 생길 경우를 대비해 어울리는 표정을 미리 연구해 둬야겠다.

오늘처럼 대놓고 내 생김새를 흉잡는 경우엔 어떤 표정을 지을까. 상대방의 눈을 바라보고 양 입 끝을 약간 올려 웃는 표정을 짓고 고개를 한 번 끄덕여 줄까. 얼마나 여유만만한 태도인가. 그까짓 흠쯤 아무것도 아니라는 태도다. 흠을 잡은 사람은 자신의 말이 상대에게 아무 영향도 끼치지 못해 맥이 풀릴 것이다. 오히려 자신에게 상처가 돌아갈지도 모른다. 어린아이의 생김새나 꼬집은 스스로가 못나 보일 테니까. 표정을 미리 준비하는 목적은 상대방을 실망시키는 데 있다. 상대방을 김새게 만드는 거다. 흉뜯는 말 따위에 전혀 상처받지 않는 사람임을 상대방에게 분명히 심어 줘야지.

누가 나를 칭찬했을 때의 표정도 준비해 두는 게 좋겠다. 바로 앞에서 칭찬을 들으면 쑥스러워 딴청을 부리곤 했다. 촌스럽고 어린 태도였다. 칭찬도 당당한 태도로 들어야겠다. 그러면 아마 칭찬을 듣는 태도에 익숙해져 더 많은 칭찬을 받게 되겠지. 칭찬을 듣게 되면 얼굴 근육을 풀어 부드러운 표정을 짓고 고개를 약간만 숙이도록 하자. 거만하지 않고 겸손해 보일 듯하다.

성적이 올랐을 때와 목표했던 일에서 미끄러졌을 때의 표정도 연구하자. 입을 크게 벌리고 웃는 경우와 아래윗니가 절반 정도씩만 보이도록 웃음을 짓는 연습도 해 두자. 그리고 슬프고 기쁠 때도. 종류가 너무 많으면 혼란스럽겠지. 우선 네 가지로 중요한 표정을 정해 둬야겠다. 기쁨, 슬픔, 난처함, 칭찬. 슬픈 일에는 눈을 그윽하게 고정하고 기쁜 일에는 눈주름이 지도록 눈을 움직여 주자. 표정을 그렇게 분류해 두면 사람을 대하는 데 훨씬 자신감이 생길 것이다. 공원을 거닐며 그런 심각한 생각을 조금 하다가 테이블로 돌아왔다. 마음이 한결 차분해졌다.

유학생 아저씨네는 미국에 온 지 7년이 되었다고 했다. 돈을 벌면서 공부하는 탓에 학위 취득이 늦어지고 있다고 했다. 아저씨의 부인은 우리 엄마가 나가는 레스토랑에서 파트타임으로 일하고 있다. 우리 엄마는 한식 조리를 맡고 있고 아줌마는 홀에서 서빙을 한다. 아저씨에게는 여덟 살짜리 아들 형준이가 있다. 동생과 형준이는 죽이 잘 맞는다. 같은 아파트에 살기 때문인가. 동생과 형준이는 늘 '아아아아 아아아아아아아아아~.' 하는 모짜르트의 아리아를 부르며 동네를 돌아다닌다.

언젠가부터 동생과 형준이가 아파트 정원 구석에 새를 숨겨 두고 키운다. 어느 날 저녁 동생이 흥분해서 뛰어 들어왔다. 다쳐서 버둥거리는 새를 한 마리 발견했다고. 동생은 나한테 약상자를 달라고 해 받아들고 쏜살같이 달려 나갔다.

아, 정말 필요한 표정이 생겼다. 벽화를 완성하면 개막식이 열린다. 개막식에 참석했을 때의 표정이므로 아주 중요하다. 그리고 미래의 나에게 많이 필요하게 될지도 모른다. 많이 연습해야겠다. 개막식 날 멋진 표정을 짓고 벽화 앞에 서는 나 자신을 보고 싶다.

이곳에 사는 한국인들 대부분은 유학생 가족이다. 슬비네처럼
아빠가 교환 교수로 나온 가족도 더러 있다. 대부분의 가족이 한
국에서 보내 주는 생활비로 지내는데 우리와 몇 가족만 이곳에서
벌어들인 수입으로 생활한다. 그 점이 우리가 다른 한국 아이들과
다르다는 생각을 갖게 만든다. 어른들은 아이엠에프 영향으로 갑
자기 씀씀이가 위축되었다고 했다. 형편이 어려워서가 아니라 저
절로 그렇게 씀씀이를 줄이게 되었다고 했다. 환율이 무섭게 올라
지출이 늘었다는 것이다.

환율이라면 나도 들어서 잘 알고 있는 일이다. 우리가 미국으로
올 때의 환율은 1달러에 1980원이었다. 그 얼마 전까지는 700원

대였다고 했다. 얼핏 돈 벌기가 쉽게 여겨진다. 달러가 쌀 때 많이 사 두었다가 오를 때 팔면 쉽게 부자가 될 수 있겠지. 장래 희망을 바꾸고 싶은 생각도 든다. 달러를 사고파는 직업으로.

우리 가족이 미국으로 나오게 된 이유도 아이엠에프 때문이었다. 아이엠에프가 닥쳐 삼촌의 사업이 부도가 나 버렸다고 했다. 우리가 살던 아파트는 그곳에 남아 있지만 우리는 그곳으로 돌아갈 수 없게 되었다. 그 무렵 학교에서 돌아오면 어른들이 모여 웅성거리거나 소리를 지르다가 울기도 했다. 어느 날 아빠가 두 손으로 얼굴을 가리고 울고 있는 걸 보았다. 엄마가 동생과 나를 끌어안고 울었다. 울다가 엄마가 말했다. 우리는 분명히 새로운 길을 발견할 수 있어. 낯선 사람들이 마구 현관 벨을 눌러 대기도 했다. 엄마와 아빠가 국제 전화를 거는 일이 많아졌다. 부모님은 길게 망설이지 않고 결단을 내렸다. 아빠는 신용 불량자가 될 것이고 한국에서는 일자리를 구할 방법이 없었기 때문이다.

나와 동생은 미국으로 간다는 말에 갑자기 마음이 환해졌다. 영어도 전혀 할 줄 모르면서 그랬다.

미국에 가면 저절로 영어가 나오겠지. 뇌가 그렇게 바뀔 거야.

동생이 그랬다.

그런 게 어디 있어. 너는 왜 그렇게 어린애 같은 소리만 하니.

동생을 윽박지르기는 했지만 속으로는 나도 그 생각으로 반신반의하던 중이었다. 미국에 가면 정말 영어로 말을 하게 되는 걸까, 아닐까. 미국에 도착하면 뇌나 혀의 구조가 영어를 말하도록 바뀌는 건가. 미국에서는 말을 어떻게 하지? 실은 나는 얼마 전까지도 교과서 뒤에 박힌 지은이가 진짜 이름인 줄 알았다. 모든 교과서를 만든 사람의 이름이 지은이라고 믿고 있었다. 동생에게 그 사실을 말할 수는 없었다.

동생의 머릿속도 나와 똑같은 궁금증으로 가득 차 있었다. 미국에서는 밥과 김치는 안 먹고 빵과 고기만 먹게 되는 건가. 얼굴도 변할까. 모든 게 다 어떻게 변하는 걸까. 그런 의문을 안은 채 훌쩍 미국으로 날아왔다. 미국은 뭐든지 멋지고 화려한 줄 알았는데 실망스러웠다. 그런 기대는 미국에 오면 저절로 영어가 나온다고 말하는 것만큼이나 어린애 같은 생각이었다.

아빠가 일하는 슈퍼마켓의 주인아저씨는 아빠의 친한 친구다. 아저씨가 아빠 소식을 듣고 우리 가족이 미국으로 올 수 있도록 도왔다. 아저씨는 전화위복이란 말을 하며 우리들 공부에 좋은 기회가 되기를 바란다고 했다. 아저씨는 슈퍼마켓과 레스토랑을 운영한다. 아시아 음식과 한식을 전문으로 하는 레스토랑 '아오시'다. 패밀리 레스토랑보다 훨씬 고급 음식점으로 알려져 있다. 엄마는 그 음식점에서 한식 요리를 맡았다. 엄마가 한식 요리 자격증을 가진 건 얼마나 다행인가.

슈퍼마켓에서 아빠가 하는 일은 매장 관리다. 트럭들이 물건을 실어 오면 분류해서 진열하고 상품의 상태를 점검하는 일이다. 아

빠는 처음에 그 일을 하며 무척 어색해했다. 공연히 허허 웃다가 허둥거리기도 하고 말을 한마디도 안 할 때도 있었다. 아빠는 툭 하면 차의 라이트를 켠 채로 들어와 다음 날 다른 사람의 도움을 받고서야 출근을 했다. 그런 일로 엄마와 자주 다퉜다.

처음엔 이웃의 도움을 받는 걸 창피하게 여겨 자동차 정비소의 서비스를 신청했다가 엄청난 요금을 물기도 했다. 정비소에 전화를 걸기로 하고 옐로북(전화번호부)에서 정비소 전화번호를 찾았다. 아빠가 전화기를 들었다. 영어를 더듬는 아빠의 목소리가 점점 작아졌다. 아, 한국이 아니구나. 영어는 정말 저절로 말할 수 있게 되는 게 아니구나. 어쨌든 정비소에서 기사가 나왔다. 기사는 방전된 자동차 배터리를 충전해 주고는 막대한 액수의 귀한 달러를 강탈해 갔다. 한참 뒤에 부모님은 한 가지 사실을 깨달았다. 그때 자동차 보험 회사의 서비스를 불렀어야 했는데.

아저씨네 슈퍼마켓에서는 한국이나 중국, 인도, 일본 등 아시아 음식 재료를 취급한다. 어른들은 월마트 같은 대형 마트는 '서양 장'이라고 하고 아저씨네 슈퍼마켓은 '동양 장'이라고 한다. 서양 장에 가서 고기 사고 동양 장에 가서는 도미회나 김을 사야겠다고 한다. 아이들은 서양 장에 갈 때와 다르게 동양 장에 갈 때는 부모를 따라가지 않는다. 동양 장은 넓지 않아 상품의 바닷속을 헤엄치는 자유를 누릴 수 없다. 상품의 위치를 빨리 찾아 부모님에게 알려 줄 일도 없다.

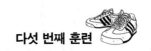
비가 내렸다. 정해진 대로 학교에서 가까운 레크리에이션 센터로 모였다. 그곳에는 피트니스 룸도 마련되어 있었다. 미스터 바이슨이 외쳤다.

원한다면 피트니스 룸의 기구를 이용해 근력을 키워도 좋다. 근력 강화 운동이 마라톤에 도움이 된다.

달리는 것도 힘들어 죽겠는데 근력 운동까지요? 달리기나 착실히 하겠습니다.

매튜가 미스터 바이슨의 목청과 겨루듯 외쳤다.

미스터 바이슨이 스트레칭을 시작했다.

잊지 말거라. 오늘은 열네 바퀴가 아니다. 운동장이 아니니 그

것의 곱절 이상을 돌아야 한다. 출발!

실내 트랙을 달리니 아늑한 느낌도 들었다. 장소를 옮기는 게 장거리를 달리는 지루함을 덜어 주는 듯했다. 우리가 훈련하는 동안 가끔 비가 내리면 좋겠다. 줄곧 햇볕 쬐는 운동장만 달리게 되지는 않기를 바란다.

미스터 바이슨은 오늘도 함께 트랙을 돌았다. 역시 그냥 트랙을 달리지만은 않았다. 등을 펴라거나 팔을 휘두르지 말라고 소리치며 우리들의 등과 팔을 억세게 치고 지나갔다. 자세가 틀렸다며 바로 잡힐 때까지 끈질기게 옆에 따라붙기도 했다. 특히 매튜에게 그랬다.

초반에 그렇게 체력을 마구 써 버리면 안 된다고 했지 않나. 후반에 달리고 싶어도 못 달리게 된다. 네가 풋볼 한다고 마라톤을 가볍게 보는 것 같은데 마라톤은 풋볼과 다르다.

마라톤, 가볍게 본 적 없어요. 지겹게 보고 있기는 하지요. 그런데 뭐가 다르다는 거죠? 어차피 다 같은 운동 아닌가요?

매튜가 미스터 바이슨을 쏘아보았다.

마라톤과 구기 운동은 다르다. 풋볼은 체력을 순간적으로 소비하지만 마라톤은 지속적으로 유지하며 소비해야 하는 운동이다. 체력을 한꺼번에 낭비하지 마라.

다른 애들한테도 가 보세요. 왜 나만 따라다니세요. 선생님 때문에 자세가 더 이상해지잖아요.

멋있게 보이기 위해 운동하려는 생각을 버려라. 마라톤은 자기 자신과 마주 보는 운동이다.

누가 멋있게 보이려고 했다는 거예요. 내가 언제요?

네 자세에서 너의 그런 마음이 드러나고 있다. 천천히, 더 천천히, 힘을 아껴라. 팔의 위치가 높다. 그것도 체력 낭비가 된다. 다리 위치도 낮춰라. 팔다리를 경제적으로 움직여야 한다.

아, 진짜 짜증 나! 마라톤 하기 싫은 것도 억지로 참아 가며 달리고 있는 건데.

매튜가 갑자기 내달려 트랙에서 빠져나가더니 레크리에이션 센터를 떠났다. 훈련을 다 마치지 않고 트랙을 떠나 버린 것이다. 미스터 바이슨이 어깨를 으쓱하며 두 팔을 벌려 보였다.

그러는 미스터 바이슨을 보며 나는 새삼스럽게 깨달았다. 미스터 바이슨이 우리의 선생님이라는 사실을. 깨닫고 보니 여태까지 나는 미스터 바이슨을 누구라는 뚜렷한 존재로 생각하지 않고 있었다. 그는 우리가 우리 자신의 모습을 바로 볼 수 있게 하려고 애쓰고 있었다.

우리는 훈련을 끝까지 마쳤다. 제시카와 나는 미스터 바이슨에게 피트니스 룸에서 근력 운동을 하겠다고 말했다.

오. 너희들이 남자애들보다 의욕적이구나. 좋아. 피트니스 룸으로 가자.

먼저 완주하고 기다리고 있던 네스타도 피트니스 룸으로 향하는 우리를 따라왔다.

매튜 어떻게 해. 괜찮겠지?

우리는 미스터 바이슨을 뒤따르며 소곤거렸다. 우리 셋은 근력
운동까지 더해 완전히 녹초가 되었다. 나는 하체와 복근을 키워
주는 기구를 찾아 지칠 때까지 운동했다. 깨닫지 못하고 있었지
실은 내가 운동을 좋아하는 아이라는 생각이 들었다.

슬비가 떠올랐다. 슬비는 요즘 학교 복도에서 나와 마주치면 아
예 고개를 돌리곤 했다. 같이 있던 아이들과 깔깔거리기도 했다.
그러려면 그러라지. 나는 너 따위와는 비교할 수도 없이 좋은 친
구들을 얻었으니까. 네가 그걸 알겠니. 벽화 팀을 생각하자 자신
감이 온몸을 채우는 기분이었다. 뉴 밀레니엄의 벽화에 너 따위는
없어. 나는 슬비 생각을 지우려고 더 열심히 운동했다.

미스터 바이슨이 운동을 마친 우리 셋을 자신의 차로 집에 데려
다 주었다. 매튜가 없으니 허전했다. 우리는 한 팀이다. 매튜가 그
걸 잊지 말았으면 좋겠다. 제발 매튜의 기분이 풀려 있기를.

여섯 번째 훈련

매튜가 훈련에 나오지 않았다.

매튜가 엄청 기분 상했나 봐. 어쩌지?

바이슨이 매튜한테 좀 심하게 그러더라.

그랬다고 말도 없이 안 나오면 어떡해. 팀 분위기를 생각해야
지.

훈련 끝나고 매튜에게 전화해 보자.

그래. 얼른 기분 풀고 훈련 합류하게 해야 돼.

미스터 바이슨이 운동장으로 나왔다.

매튜가 지금까지 나오지 않고 있어요.

미스터 바이슨에게 매튜의 불참을 알렸다. 왠지 내 잘못인 것처

럼 기분이 찜찜했다.

　그래? 기다려 보자. 훈련은 변함없이 계속한다. 그런데 제인. 매튜가 다음 훈련에도 빠지는 일은 없어야 한다. 너희들은 한 팀이다. 알겠나?

　미스터 바이슨은 아무렇지도 않은 표정을 짓고 있다.

　네?

　잊지 않기를 바란다. 오늘은 열다섯 바퀴다. 출발!

　비는 내리지 않으므로 학교 운동장을 달렸다. 이미 5,000미터라는 물리적, 심리적 전환점을 넘었으므로 특별히 부담되지는 않았다. 그냥 달렸다. 항상 하던 대로 우리들은 달렸고 미스터 바이슨은 고함쳤다. 하지만 오늘 그의 고함 소리에서는 힘이 느껴지지 않았다. 매튜가 빠진 훈련은 재미없고 썰렁했다. 아이들의 달리기 동작에서도 힘이 느껴지지 않았다. 서로의 눈치를 살피며 걷다가 달리다가를 반복하고 있었다. 그런데 설명도 없이 매튜가 다음 훈련에도 빠지는 일은 없어야 한다니. 나한테 지나치게 부담을 주는 거 아닌가. 팀장으로서 리더십을 보이라는 말인 줄은 알겠다. 하지만 저렇게 강압적인 방식은 마음에 거슬린다. 매튜도 그렇게 느꼈을 것이다. 그래서 자존심이 상했을 테고. 어쨌든 매튜를 다시 훈련에 나오게 해야 한다. 매튜가 마음을 무겁게 누른다.

　집에 돌아가 매튜에게 전화했다.

　더 이상 바이슨을 보고 싶지 않아. 너희들과 벽화 그리는 건 정말 좋은데 바이슨에게 강요당하고 싶지는 않아. 생각해 보니까 달리는 것도 그래. 왜 그렇게 힘들게 계속 달려야 하는지 모르겠어.

매튜는 완전히 마음이 바뀐 사람처럼 냉정하게 말했다.

그래도 벽화는 그리러 나올 거지? 그리고 내일은 우리 집에서 슬립오버(아이들이나 청소년들이 한 집에 모여 함께 자며 노는 것. 밤샘 파티)하기로 한 날이잖아. 우리 집에는 올 거지?

아니. 모르겠어. 생각 좀 해 볼게. 지금 기분으로는 벽화도 그만 두고 싶어. 제인, 생각해 봐. 달리지 않아도 벽화를 그릴 수 있는 거잖아. 우리가 도대체 왜 그렇게 힘들게 달려야 되지? 왜? 바이슨이 하라면 그냥 해야 돼? 멍청한 동물처럼. 말이 안 되는 일이야.

그러지 말고 우리 만나서 이야기해 보자. 내일 학교 들어가기 전에 만나기로 해. 매튜, 우리는 한 팀이야. 그렇지? 아이들에게 그렇게 연락할게.

팀원들에게 전화해 매튜와 만나기로 한 일을 알렸다.

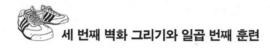

아침에 우리들은 학교 앞 공원에서 매튜를 기다렸다. 매튜가 나타났다.

무척 오랜만에 만나는 것 같네. 기분은 좀 괜찮아?

제시카가 걱정스런 표정으로 물었다.

매튜, 너 없으니까 훈련할 맛이 안 나더라. 훈련할 때마다 너를 경쟁 상대로 삼았는데. 바이슨도 확실히 기운이 빠졌어.

바이슨이? 그럴 사람이 아니지. 나 하나 빠졌다고 그럴 리가 없어. 그리고 그 사람 나를 너무 싫어하는 것 같아. 빠졌으면 하는 눈치야.

그건 오해야.

우리 셋이 외쳤다.

무슨 말이야 그게? 그날 바이슨이 너를 야단친 건 사실이지만 절대로 네가 팀에서 빠지기를 바라지는 않을 거야. 너도 그렇게 생각하지 않니.

모르겠어. 알 수 없어.

훈련이 힘들어서 그럴 수 있다고 생각해. 나도 바이슨이 쫓아다니며 어쩌고저쩌고 하면 짜증 나 미치겠어. 그만둬 버릴까 싶기도 하고. 나도 매튜 마음이랑 같아.

네스타가 매튜와 우리를 번갈아 바라보았다.

너도 그랬어? 그래도 너한테는 나만큼 그렇게 심하게는 안 했잖아. 어쨌든 왜 우리가 달려야 하는 거야? 안 달려도 벽화는 그릴 수 있잖아.

맨 처음에 바이슨이 우리들에게 설명했잖아. 우리들에게 필요한 것이 자신감과 신뢰라고. 마라톤 훈련이 자신감과 신뢰를 쌓아 줄 거라고. 우리의 뜻은 아니었지만 우리도 동의하고 이겨 내기로 했지 않니. 나는 우리 모두 그런 마음으로 잘 이겨 낼 거라고 믿고 있었어. 네가 이러리라고는 생각도 못했어.

그래서 나한테 실망했겠구나. 좋아. 너는 팀장이니까 바이슨 편이겠지.

제인에게 그런 식으로 말하는 건 공정하지 않아. 어쨌든 매튜. 벽화를 포기할 수 있어? 이제 와서 포기할 거야? 훈련에 빠지면 벽화를 그릴 수 있는 자격이 없어지는 거잖아. 너 정말 벽화 포기할 수 있어?

네스타의 말에 매튜가 잠시 생각하는 모습을 보였다.

글쎄. 아무래도 나는 풋볼이 맞는 것 같아. 마라톤은 끝도 없고 달릴수록 스트레스만 쌓이잖아. 바이슨 말대로 마라톤과 풋볼은 다르니까. 벽화는 너희들끼리 그려라.

매튜, 그러지 말고 기분 풀어. 우리는 한 팀이야.

제시카의 말이 끝나기도 전에 매튜가 휙 돌아서 가 버렸다.

우리들은 매튜와 헤어져 터덜터덜 학교로 갔다. 새터데이 스쿨에 걸려 등교하는 아이들처럼. 학교에는 미스터 바이슨이 먼저 와 있었다.

우리 말을 듣고도 기분을 풀지 않았어요. 자존심이 많이 상했나 봐요. 어떻게 해야 할지 모르겠어요.

그에게 매튜의 말을 전했다.

제인, 고맙다. 매튜의 생각을 알게 돼서 다행이다.

토요일이다. 오늘은 세 번째 벽화를 그리는 날이고 아이들과 우리 집에서 처음으로 슬립오버를 하기로 한 날이기도 하다. 각자 맡은 바이킹의 밑그림을 완성하는 날. 벽화를 그리는 작업 중에서 오늘 작업이 가장 중요하다고 할 수 있다. 아마 벽화의 완성도를 좌우할지도 모른다. 다음 시간부터는 색을 칠할 예정이니까 오늘

완벽하게 밑그림을 마무리해야 한다. 매튜가 없으면 매튜가 맡은 밑그림까지 내가 그려야 한다. 시간이 충분하지 않다. 이대로 매튜가 마음을 바꾸지 않으면 어쩌지. 우리 셋이서 훈련하고 벽화를 그려야 하나. 그럴 수 있을까. 그럴 수는 없을 것이다.

자, 우리 나가서 점심 먹자.

축 처진 채 그림을 그리고 있는 우리에게 미스터 바이슨이 다가왔다. 그는 우리를 애플비로 태우고 갔다. 잠시 뒤에 매튜가 나타났다. 우리는 어리둥절했다.

주문부터 하자.

지난번처럼 스테이크와 샐러드 등을 주문했다.

나는 콜럼바인 사건으로 아이를 잃은 뒤 그 학교를 떠났다. 내 아이가 당한 고통을 느끼려고 달리기 시작했다. 아무렇지도 않게 살아있는 나 자신을 견딜 수 없었다. 한 걸음씩 달릴 때마다 그만큼 아이의 고통을 덜어 주는 거라고 믿었다. 나도 그만큼 자유로워진다고 생각했다. 그러다가 너희들을 만났다. 나는 너희들이 너희들의 아픔에서 자유로워지기를 바란다. 고통스러워도 계속하지 않으면 안 되는 일이 있지. 마라톤이 그렇고 인생이 그렇단다. 매튜, 나를 이해해 주겠니?

미스터 바이슨이 매튜를 지긋이 바라보았다.

아, 정말 죄송합니다. 우리들 중에 제가 제일 바보였어요. 저는 항상 이렇게 저밖에 몰라요. 동생에게도 그랬어요.

복받치는지 매튜의 목소리가 변했다.

미스터 바이슨은 달린다. 우리는 그에게 이끌려 달려왔다. 마음 속에 빨간 스티커를 붙인 채. 미스터 바이슨에게도 콜럼바인의 끔찍했던 시간이 빨간 스티커로 붙어 있었다는 걸 알게 되었다. 그가 마라톤으로 그것을 날려 버리고 있다는 걸 알 수 있었다. 나는 집을 잃고 한국을 떠나왔고, 제시카는 부모님이 헤어졌고, 매튜는 동생을 잃었다. 아픔이 사람 사이를 이어 주는 걸까. 아픔과 아픔 사이에 통하는 길이 있는지도 모르겠다. 우리는 자신 속의 말을 누군가에게 전하고 싶어 여기 모이게 되었을 것이다. 그 말이 마라톤이고 벽화가 아닐까.

무거우면서도 홀가분한 점심시간이었다. 매튜가 다시 우리 팀으로 돌아온 것이다. 매튜를 설득해야 한다는 부담을 벗으니 정말 마음이 가볍다. 학교로 돌아와 열심히 밑그림을 다듬었다. 매튜야말로 열기가 느껴질 정도로 그리기에 열중했다. 밀린 분량을 채워야 하기 때문에 서로 말을 나눌 여유도 없었다. 여태까지 모여서 이렇게 말 없이 시간을 보낸 적은 없었다. 그렇게 집중한 끝에 가까스로 밑그림을 완성했다.

다 마쳤나? 훈련 시작이다. 오오. 그런데 이제 밑그림을 다 그렸구나. 수고했다.

미스터 바이슨이 다시 힘차게 고함쳤다.

우리도 힘차게 운동장으로 달려 나갔다. 새로운 기분이다.

자, 오늘은 열여섯 바퀴를 달린다. 밑그림도 완성했으니 기운이 날 거다. 출발!

벽화를 그릴 때와 다르게 훈련하는 동안에는 아이들이 무척 시끄러웠다. 몇 시간 닫혀 있던 말주머니가 와르르 쏟아진 것 같았다. 밑그림을 마쳤다는 성취감 때문일까. 어쩐지 몸도 가벼웠다. 물론 매튜 때문이겠지만 다른 이유도 한 가지 있다. 그건 우리 집에서 슬립오버하기로 한 일.

달리는 동안 미스터 바이슨이 매튜의 등을 두드렸다. 훈련을 마친 뒤 각자 집으로 돌아갔다. 갈아입을 옷을 준비해 우리 집으로 오기로 했다. 함께 저녁을 만들어 먹고 놀다가 잘 것이다. 친구들 사이에 흔히 있는 슬립오버다. 밑그림도 완성한 데다 토요일 밤이다. 내일 일요일엔 또 함께 학교로 가 벽화를 그린다. 팀원들 모두 부모님의 허락을 받고 우리 집으로 모였다. 나도 물론 부모님의 허락을 받았다. 네스타와 매튜는 내 동생과 잘 어울릴 것이다.

아이들이 모여들었다. 매튜가 제일 먼저 도착했다. 게임팩도 몇 개 가지고 왔다. 저녁으로 스파게티를 만들어 먹기로 했다. 매튜는 면에 소스를 버무리며 요리를 도왔다.

너, 그 정도로 용서가 될 것 같아?

네스타가 매튜를 놀렸다.

그럼 다 시켜 봐라. 내가 못할 줄 알고?

네스타가 계속 놀리며 매튜를 도왔다.

저녁을 먹은 뒤 설거지도 마쳤다. 남자아이들은 주로 게임을 하고 제시카와 나는 모노폴리 게임을 하다가 그림을 그렸다.

부모님이 밤에 퇴근하며 피자를 사 가지고 와서 우리를 즐겁게 해주셨다. 오랜만에 손님이 왔다며 부모님도 좋아하셨다.

아침은 우유에 시리얼을 먹었다. 모두 함께 학교로 갔다. 같은
집에서 나와 함께 학교로 가니 더욱 단결된 기분, 형제가 된 기분
이었다. 사물함에서 그림 도구를 꺼내는 기분도 새로웠다. 서로
의 얼굴을 바라보며 그냥 웃었다. 모두 눈을 빛내며 벽화 앞에 섰
다. 자, 새로운 마음으로, Go, Vikings! 벽화 앞에서 발을 세 번
굴렀다.

오늘부터는 밑그림에 색을 입히기 시작한다. 색이 입혀지면 뉴
밀레니엄을 이어 갈 꿈의 색깔이 선명하게 드러날 것이다. 페인
트를 섞고 밑그림 위에 색을 칠하기 시작했다. 누군가 〈Lean on
me〉를 흥얼거렸다. 우리 모두 함께 흥얼거렸다. 아이들이 떠들기

시작했다. 밑그림을 완성하려고 집중하던 어제와 대조적이다. 밑그림이 완성되는 동안 얼마나 지루하게 기다렸는지 짐작할 만하다. 벽화 속의 바이킹들이 조금씩 살아나는 것 같다. 이제 그림의 윤곽이 선명해진다.

오오, 놀랍다. 우리의 아이디어가 현실로 드러나고 있어.

사다리에서 내려와 그림을 올려다보던 제시카가 소리쳤다. 이런 때는 어떤 표정을 짓기로 했더라? 잠깐 그 생각이 스쳤지만 무시했다. 그냥 마주 바라보고 박수를 쳤다.

장래 희망을 바꿀까. 그런데 이대로 그냥 그림을 그리다 보면 장래를 희망할 것도 없이 장래로 가 있지 않을까. 어렸을 때 외할머니는 나를 보기만 하면 의사가 되라고 했다. 외할머니가 그럴 때마다 치과에서 팔다리를 묶였던 기억이 떠올랐다. 나는 절대 의사가 되지 않기로 했다. 내 꿈은 유치원 때는 선생님, 초등학교 때는 만화가였다. 미국에 오기 전까지는 항상 만화를 그렸다. 미국에 온 뒤에도 학교에 다녀오면 동생과 만화를 그렸다. 친구들이 생기기 전에는 그렇게 시간을 보냈다.

내가 그린 만화 중에 햄스터 그림이 있다. 나도 왜 그런 그림을 그리게 되었는지는 기억나지 않는다. 모자를 눌러 쓴 남자 햄스터가 있다. 트렌치코트 깃을 세우고 가로등 아래에 고개를 숙이고 서 있는 모습이다. 엄마는 그 그림을 참 좋아한다. 우울한 것처럼 보이지만 가만히 보면 햄스터가 즐거운 표정을 짓고 있다는 것이다. 그런가? 우리 엄마야 워낙 발견의 달인이니까. 들여다보면 햄스터가 멋이 있기는 하다.

대만으로 돌아간 앞집 가족을 보며 새로운 꿈이 생겼다. 책을 쓰는 사람이 되고 싶어졌다.

우리 앞집에는 대만 유학생 가족이 살았다. 그들이 대만으로 돌아가며 무빙 세일을 했다. 무빙 세일 날은 아침부터 그 집 현관문이 활짝 열렸다. 엄마가 바로 앞집이라 좋은 물건을 먼저 찜할 수 있겠다며 좋아했다. 엄마가 현관문 안으로 들어가자 두 아이가 방에서 쪼르르 나왔다. 그 집에는 어린 여자아이가 둘이 있었다. 가끔 복도에서 얼굴을 마주치면 아이들은 얼른 현관문 안으로 숨곤 했다.

아저씨의 머리 모양은 이곳에 온 지 오래되었음을 보여 주듯 자연스러웠다. 아저씨는 소파를 먼저 처분하고 싶은 듯했다. 바로 앞집이니 옮기기도 쉬워 좋다며 엄마에게 소파를 집중 광고했다. 미국에 와서 새로 산 소파라며 사던 날 운반하느라 힘들었던 이야기를 곁들이기도 했다. 한국과 다르게 이곳에서는 물건을 사면 비싼 운반비가 든다. 아저씨는 엄마가 소파를 산다면 특별히 많이 깎아 주겠다고 했다. 엄마는 아저씨의 기대와 달리 소파는 사지 않고 우리가 쓸 침대를 샀다.

나는 여자아이들에게 이름을 물어보았다. 아이들의 이름은 소냐와 매리였다. 아이들에게 비눗방울 한 개를 헤어지는 선물로 주었다. 아저씨가 당장 침대를 우리 방으로 옮겨 주었다.

우리에게 아담한 침대가 생겼다. 육중한 나무 이층 침대는 이제 밖으로 내다 놓을 계획이다. 침대를 하나 더 살 때까지 동생과 나는 이 침대를 일주일씩 번갈아 쓰게 될 것이다. 그동안 이층 침대와 정이 들었나 보다. 버리려니 아쉬운 생각이 든다. 한국에서 쓰던 침대와는 비교도 안 되는 낡은 것이지만. 그래도 나와 동생이 미국에 와서 처음으로 썼던 침대였는데. 하지만 누군가 또 가져다 잘 쓰겠지. 더 좋은 침대가 생길 때까지.

창밖에서 아이들 말소리가 들려 내다보았다. 아저씨가 정원 벤치에서 매리에게 책을 읽어 주고 있었다. 소냐가 비눗방울을 불고 있었다. 비눗방울들이 커다란 띠를 이루며 날았다. 매리와 아이들이 비눗방울을 따라 달렸다. 대만으로 돌아가서도 저 비눗방울 놀이를 하겠지. 왠지 벅찬 기분이었다. 매리에게 책을 읽어 주는 아저씨의 모습을 보며 아이들이 읽을 책을 쓰고 싶다는 생각이 들었다.

나의 첫 책

나의 첫 책은 영어로 쓴 소식지다. 한국 학교에서 만들었던 가족 신문이 생각났다. 미국 학교와 한국 학교의 다른 점을 신문 기사식으로 정리하고 글 옆에는 글의 내용을 보여 줄 수 있는 그림을 그려 넣었다. 우리 가족의 소식도 한 장면씩 그림으로 그리고 그 옆에 설명을 곁들였다. 그림과 설명글을 차곡차곡 기록하다 보니 두툼해졌다. 한국에서 가져온 두꺼운 색지로 표지를 만들어 묶자 책이 되었다.

첫 번째 독자는 동생이었다.

누나의 영어 실력을 믿어도 좋을까. 이 책을 정말 책으로 내면 좋겠다. 그럼 누나 백만장자 될지도 몰라. 한국 애들에게 보게 하려면 한국어로도 써야 되겠네.

동생은 완전히 꿈을 꾸고 있었다. 퇴근한 부모님이 한눈에 알아볼 수 있도록 내 책을 텔레비전 앞에 세워 놓았다. 부모님은 바로 내 책을 발견하셨다.

세상에. 우리 딸이 책을 만들다니. 아무 도움도 없이 이렇게.

엄마가 조금 울먹였다. 아빠가 책을 펴 훑어보았다.

나중에 더 좋은 책 꼭 내거라. 수고했어.

그런데 아, 여기 문법이 틀렸네. 3인칭인데 동사가 잘못됐어.

역시 또 엄마다. 나는 영어 문법을 모른다. 동생도 마찬가지다. 그냥 말을 배우며 자연히 영어를 익혔으니까. 엄마가 지적한 부분들을 고쳤다. 틀린 곳이 없는지 처음부터 다시 한 번 읽어 보았다.

도란에게 내 책을 보여 줬다.

제인. 너무 멋지다. 나중에 유명한 작가 되면 네 사인 들어간 책 선물해야 돼. 잊지 마. 알았지?

도란의 말을 듣고 도란 엄마도 내 책을 보고 싶다고 했다. 내 책을 본 도란 엄마가 글과 그림 모두 재능이 있다고 칭찬했다. 도란 엄마는 내 책을 도란 아빠와 오빠에게도 보여 주었다. 내가 처음 만든 책의 독자가 생겨 기분이 좋았다. 내 독자가 벌써 여섯 명이 생겼다. 독자의 반응이 좋아 책을 만든 보람도 있었다. 저자가 된다는 건 이런 기분이구나. 내가 쓴 책에 그림도 직접 그려 넣으면 멋지지 않을까.

하지만 한편으로는 뮤지션이 되고 싶은 생각도 있다. 지금은 학교 밴드에서 피아노와 클라리넷을 연주하고 있다. 클라리넷은 악기점에서 빌려 쓰고 연주하는 법은 학교에서 음악 선생님에게 레슨을 받았다. 집에 피아노가 없어 피아노 연습을 하고 싶을 때엔 대학의 뮤직 빌딩으로 간다. 뮤직 빌딩은 음악 대학의 부설 건물로 피아노 연습실이 마련되어 있다. 그곳에서 차례를 기다려 30분이나 1시간 동안 연습한다.

뮤직 빌딩에 가면 음악을 전공하는 대학생들을 많이 볼 수 있다. 그들을 볼 때면 나도 음악 대학에 가서 악기를 전공해 볼까 하는 생각이 든다. 내 꿈은 무엇으로 정해질까. 이 뉴 밀레니엄에 나는 어떤 꿈을 이루게 될까. 지금 내가 벽화를 그리는 일, 이것도 나의 꿈을 이루어 가는 과정이겠지. 벽화를 다 그리고 난 기분은 어떨까. 책을 쓰고 독자를 얻은 뒤의 기분과 같을까.

엄마가 조금 달라졌다. 침대를 바꾸고 난 뒤 자꾸 고개를 갸웃
거렸다. 왜 저러시지. 무슨 새로운 발견을 할 때가 되었나?

방의 카펫을 바꾸면 어떨까. 너무 낡았어. 그렇지?

아닌 게 아니라 앞집에서 산 침대가 우리 집으로 들어오자 낡은
카펫이 더 낡아 보였다. 부모님은 퇴근길에 늦게까지 영업하는 카
펫 가게를 둘러보셨다. 한참 동안 그런 날이 이어졌다.

카펫을 새것으로 바꾸기로 했어. 헌 카펫은 낡았지만 필요한 사
람도 있을 테니 한번 세일해 보자.

우리 엄마가 쓰던 카펫이라고 그냥 버릴 분인가. 아빠는 누가
이렇게 낡은 걸 사느냐며 그냥 버리라고 했다.

한번 팔아 볼래요. 이번엔 누나보다 잘 팔 수 있어.

동생이 선뜻 나섰다. 아마 지난번 매거진 세일 때 나보다 잡지를 많이 팔지 못했던 게 찜찜한가 보다. 학교에서는 1년에 한 번씩 매거진 세일 기간을 준다. 미국에서 발간되는 거의 모든 잡지를 할인 가격에 정기 구독할 수 있는 기간이다. 나는 그때 여덟 권을 팔았고 동생은 다섯 권을 팔았다. 나는 재빠르게 한국 아저씨들을 찾아가 팔았는데 동생은 나보다 더 적극적이었다. 모르는 사람의 아파트를 직접 방문해 팔기도 했다. 멋진 용기다. 그 용기가 부러웠다. 그런데도 누나보다 덜 팔았잖아, 라며 시무룩했다. 나는 중학생이고 동생은 초등학생이니까 조금 덜 판 게 당연할 수도 있는데.

그래 볼래?

엄마가 눈을 반짝였다.

팔아서 생긴 돈은 내가 가져도 되는 거죠?

동생이 아주 달라붙는다.

좋아. 물론이지.

엄마의 승낙이다.

나도 같이 도울까, 동생아?

왠지 손해나는 느낌에 동생의 옆구리를 간질이며 끼어들었다. 동생은 간지럼 타는 데는 달인 수준이다. 아기 때는 머리를 깎을 수가 없을 정도로 심했다. 지금도 귀 밑부분을 깎을 때는 조심해야 한다.

알았어, 알았어. 그만. 같이 팔자, 누나.

우리 둘은 금세 줄자를 들고 치수를 재러 돌아다니기 시작했다. 부모님 방과 우리 방을 합치면 약 15야드|1야드는 91.44 센티미터| 정도였다.

얼마에 내놓을까.

중고품이니까 싸게 해야 돼.

1야드당 3달러.

그럼 45달러네. 쓰던 건데 너무 비싸지 않을까. 우리 둘이 나누기도 복잡하고.

좀 비싼 것 같기는 하다. 누나, 2달러는 어때? 그럼 30달러니까 나누기 좋잖아. 15달러씩.

좋아. 그렇게 하자. 오호, 이제 돈을 벌어 봅시다. 랄라!

부모님을 도와 카펫을 걷어 냈다. 걷어 낸 카펫을 말아서 한쪽 벽에 세워 놓았다. 새로 사 온 카펫을 까는 일은 만만치 않았다. 한국에서라면 카펫 가게의 직원이 나와 말끔하게 깔아 줄 텐데. 여기서 그렇게 한다면 카펫 가격보다 그 비용이 더 비싸므로 포기했다. 집안일은 누구나 다 스스로 한다. 미국에 온 뒤로는 우리도 이렇게 온 식구가 힘을 합쳐 집안일을 한다. 무거운 새 카펫을 나르다가 아빠는 허리를 조금 삐끗했다. 카펫의 치수를 재고 카펫과 방의 모서리를 맞추며 부모님을 도왔다. 카펫을 다 깔고 나니 새

집처럼 분위기가 산뜻해졌다.

Used Carpet Sale!

about 15yards

2$ per yard

Good Condition!

☎ 353-4958 call us after 3:30p.m.

    동생과 세일 광고를 만들어 프린트한 다음 아파트와 버스 정거장의 게시판에 붙였다. 바로 전화가 왔다. 억양으로 보아 인도인인 것 같았다. 잠시 뒤 찾아온 인도인 할아버지는 세워 놓은 카펫을 살펴보더니 마음에 든다고 했다. 깎자는 말도 없었다. 카펫은 딸과 함께 와서 가져가겠다고 했다. 우리가 옮겨 줄 필요도 없게 된 것이다. 야호! 장사가 잘 됐다.

    할아버지는 딸이 이곳 대학으로 유학 와서 살게 된 아파트가, 옛날 할아버지가 유학 왔을 때 살았던 바로 그 아파트라는 신기한 이야기를 했다. 할아버지는 인도에서 교수였는데 지금은 은퇴하고 딸을 만나러 왔다고 했다.

    오, 정말 놀라운 일이에요!

    동생에게 20달러를 주고 나는 10달러만 갖기로 했다. 동생이 감동 받은 눈길로 나를 올려다보았다. 이런 식으로 또 점수를 땄다.

카펫도 잘 팔고 점잖은 인도인 할아버지와 이야기도 나누고 나니 큰 경험을 한 기분이 들었다. 저녁에 할아버지와 딸이 와서 카펫을 가져갔다. 카펫이 없어지자 집 안이 휑하게 느껴졌다. 동생과 집 안을 둘러보았다. 이것저것 살피는 눈길이다. 말 안 해도 무슨 생각을 하는지 알 수 있다. 바로 이 생각. 뭐 팔 게 더 없을까. 우리 남매가 성공적으로 장사를 했다. 이런 일을 더 만들었으면 좋겠다. 뭐든 할 수 있을 것 같은 자신감이 생긴다.

페인트를 섞고 농도를 조절했다. 페인트가 섞이듯이 우리의 마음이 섞이는 것 같았다. 매튜나 제시카도 신 나게 그림을 그리고 있지만 페인트칠은 네스타가 제일 능숙했다. 네스타는 집에서 페인트칠을 해 본 경험이 우러나오는 거라고 으쓱거렸다. 제시카가 속삭였던 말이 생각났다. 함께 그림을 그리다 보면 형제 같은 기분이 들어. 아이들의 표정에서 그것을 느낄 수 있었다. 우리들은 정말로 점점 형제가 되어 가고 있는지도 모른다.

마라톤 하프 코스 완주와 벽화 완성. 그 목표를 향해 쉬지 않고 달리며 그리기. 지금 우리들의 모습이다. 그 모습이 자연스럽게 되었다. 우리는 들소 떼고 미스터 바이슨은 우두머리 들소다. 우두머리 들소가 앞서 달리면 들소 떼는 우두머리 들소를 따라 질주한다. 우리들은 무리에서 이탈할 수 없도록 엮이게 되었다. 미스터 바이슨과 우리 네 명의 팀원은 서로가 지닌 아픔으로 한 가족이 되어 버린 게 틀림없다. 달리는 동안 우리는 어떻게 변했을까. 우리는 정말 달라지고 있는 걸까.

밥 먹고 양치하듯이 익숙하게 운동복으로 갈아입고 운동장으로 모였다.

출발! 열일곱 바퀴다. 잊지 말고 달려라.

미스터 바이슨은 역시 바퀴 수를 알리며 트랙을 달렸다. 그가 고함을 치지 않으면 뭔가 이상이 생긴 것처럼 여겨진다.

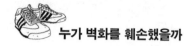

누가 벽화를 훼손했을까

벽화가 훼손당했다. 누군가 벽화를 훼손했다. 아침에 교무실 앞을 지나다가 발견했다. 학교에 오면 벽화부터 바라본다. 어딘지 벽화가 이상했다. 군데군데 색이 칠해진 탓만이 아닌 듯싶었다. 불길한 느낌이 들었다. 가까이 가 보니 그림 여기저기에 잼과 씹던 껌이 더덕더덕 붙어 있었다. 우리들이 작업을 마치고 학교를 떠난 어제 저녁부터 오늘 이른 아침 사이에 벌어진 일이다. 누군가 사람이 없는 시간을 노려 일을 저지른 거다.

색을 칠하기 시작하자마자 이런 일이 벌어졌다. 마치 밑그림이 다 그려지기를 기다린 것처럼. 왜 그랬을까. 왜 이런 일을 저질렀을까. 흰 벽이 색을 입기 시작했다. 색이 선명해지는 게 싫었나.

두려웠나. 아니면 미움이나 시샘 때문이었을까. 왜 그런 생각을
한 걸까. 왜 이런 짓을 했을까.

뭐라고! 벽화를 훼손했다고!

미스터 바이슨이 달려가 벽화를 노려보았다. 미스터 바이슨은
즉시 다음과 같은 경고문을 붙였다.

> 벽화를 훼손한 사람을 반드시 찾아내
> 새터데이 스쿨 90분의 벌을 내릴 것이다.

팀원들과 사다리를 놓고 잼과 껌을 떼어냈다. 깨끗이 닦아 낸
다음 벽화를 천으로 덮어 놓았다. 페인트로 칠을 한 그림이라 벗
겨지거나 갈라진 부분은 없었다. 하지만 우리 손으로 그리고 있는
그림이 훼손당했다는 사실에 큰 충격을 받았다. 우리 모두 한참
동안 멍해져 정신을 차리지 못했다. 벽화는 뉴 밀레니엄을 맞아
학교에서 기획한 프로젝트다. 그게 불만일까. 우리가 행복하게 몰
두하는 일이 누군가에게는 망쳐 버리고 싶은 일이었다니. 세상은
정말 이해할 수 없는 일들이 쉬지 않고 일어나는 곳이다. 빨간 스
티커와 공포 조각이 다시 달라붙는 기분이다.

 **아홉 번째 훈련**

수업이 끝나고 운동장에 모였다. 벽화가 훼손된 일로 모두 기분이 별로다. 제대로 달릴 수 있을지나 모르겠다. 날씨가 흐려서 비가 내리기를 기대했다. 결국 비는 내리지 않았다.

오늘은 열여덟 바퀴다. 출발!

미스터 바이슨이 외쳤다. 그는 역시 트랙을 달리며 바퀴 수를 외쳤지만 우리들의 등이나 팔을 치는 일은 없었다.

오늘은 제시카가 조금 늦었다. 제시카를 기다리는 5분 동안 매튜와 네스타는 뒹굴며 몸싸움을 했다. 남자아이들은 만나면 저렇게 몸으로 인사를 나눠야 하나 보다. 참 어린애 같다.

오늘은 열아홉 바퀴를 달린다. 어느새 스무 바퀴를 앞두고 있다. 출발!

열아홉 바퀴면 7,600미터다. 숫자를 생각하자마자 힘이 빠져나가는 느낌이 들었다. 이건 심리전이다. 먹혀들면 안 된다. 마음을 어떻게 먹느냐에 달렸다. 재미있는 일을 떠올리자. 열아홉 바퀴를 포기하지 않고 달리게 도와줄 수 있는 재미있는 이야기 뭐 없을까.

 아빠의 솜씨

아빠와 동생은 한 달에 한 번 꼴로 머리를 깎는다. 엄마와 나는
자주 손질하지 않아도 괜찮다. 먼저 아빠가 동생의 머리를 깎는
다. 아빠는 군대 시절 행정병이었는데 한가할 때면 졸병들의 머리
를 밀어 주었다고 한다. 아빠는 동생의 머리를 깎으며 그 시절 솜
씨를 과시한다. 하지만 아이들 머리 스타일에는 자신이 없는지 항
상 내 의견을 묻는다. 아빠의 솜씨와 내 의견으로 완성한 동생의
머리 스타일은 한국에 있을 때 미용실에서 깎던 것 못지않다. 그
다음은 아빠 차례다.

엄마도 어렸을 적 한때 친척 어른들의 머리를 깎았던 적이 있었
다고 한다. 가위로 이것저것 오려서 만드는 걸 좋아하다 보니 그

렇게 된 것 같다고 한다. 엄마의 첫 손님은 외할머니였다. 외할머니의 머리를 본 친척 할머니와 아줌마들이 엄마에게 커트를 맡겼다고 한다.

그런 엄마인데 막상 아빠의 머리를 깎을 때는 주저했다. 혹시라도 잘못될까 봐 손이 덜덜 떨린다고 했다. 엄마가 조심조심 아빠의 머리에 층을 내기 시작했다. 아빠가 왜 이리 더디냐고 짜증을 부렸다. 아빠는 미국에 온 뒤 짜증이 늘었다. 아빠가 엄마에게 바리캉을 빼앗아 앞머리를 스윽 밀었다. 아찔해서 눈을 감았다. 눈을 떠 보았더니 아빠의 이마 위로 시원스레 고속도로가 나 있었다.

그럴까 봐 조심조심 깎고 있는데 참!

엄마가 화를 냈다.

아빠 머리 어떡해. 출근해야 하는데.

동생이 심각하게 염려했다. 우리들의 심상치 않은 기색에 아빠가 얼른 거울을 보았다. 아빠의 안색이 변했다. 아빠는 스스로 저지른 일이라 그런지 화도 못 내고 엄마 손에 바리캉을 넘겼다.

뒷머리도 시원하게 뚫어 줄까 보다.

엄마가 우리들에게 눈을 찡긋하며 아빠 머리에 알밤을 먹이는 시늉을 했다.

아빠는 한동안 야구 모자를 쓰고 출근했다. 그 뒤로 머리를 깎을 때면 아빠는 엄마에게 머리를 맡기고 가만히 눈을 감는다.

미국에 온 뒤로는 우리에게 필요한 일은 뭐든 우리 손으로 직접 하게 되었다. 어느 집이나 머리 깎는 기구를 가지고 있다. 미리 한국에서 바리캉을 사 오기도 하는데 이곳 마트에서도 살 수 있다. 사람들은 가족끼리 머리를 다듬거나 이웃의 도움을 받는다. 모두들 처음 이곳에 오면 머리 손질 연습부터 한다. 이곳 미용실은 요금이 비싼 데다 솜씨도 별로이기 때문이다. 미국은 여러 가지로 폼이 안 나는 곳이다.

여자들의 머리 모양은 별로 이상하지 않은데 남자들은 그렇지 않다. 그중에 중국인들의 머리 모양이 제일 이상하다. 앞머리를 일자로 반듯하게 자른 모양, 광주리를 쓴 것 같은 모양. 어쨌든 멀리서도 중국인이라는 걸 금방 알 수 있다. 왜 그런 모양을 만들게 되었는지 웃음을 참을 수가 없다.

머리 모양의 자연스러운 정도가 미국에서 생활한 기간을 보여 준다. 사람들의 머리 모양을 보며 동생과 속삭인다. 볼썽사나운데, 하면 1개월. 진짜 어색한데, 하면 3개월. 꽤 됐나 봐, 하면 6개월. 미용실에서 했나, 하면 한 1년 반 정도? 그렇게. 우리 가족도 집에서 머리를 손질하며 지내는 데 익숙해졌다. 어디 내놓아도 부끄럽지 않을 만큼 자연스러워졌다.

그날 아빠의 머리 모양이 생각나 웃음이 터졌다.

제인. 무슨 재미있는 일 있니?

제시카가 눈을 가늘게 만들어 나를 바라보았다.

우리 아빠 머리 모양이 생각나서. 제시카. 내 머리 스타일 어때?

음, 자연스러워. 어디서 커트했어? 혹시 새로 생긴 몰에서?

아, 우리 엄마 솜씨가 그 정도인가. 우리는 집에서 커트해. 엄마가 해준 거야.

역시 여기서 생활한 기간이 머리 모양의 자연스러운 정도를 말해 주는구나.

정말? 멋지다. 몰에서 했으면 같이 가자고 할 참이었는데.

진짜 내 머리 스타일 그 정도로 괜찮아?

물론이라니까. 네 엄마에게 나도 커트 부탁하면 안 될까?

글쎄. 우리 엄마가 바쁘셔서 가능할까 몰라.

제인, 제발.

한번 부탁은 해 볼게. 네가 벽화를 얼마나 열심히 그리는지 보고. 하하! 우리 엄마 진짜 바쁘시거든.

맞다. 엄마가 아오시의 요리사니까 바쁘시겠다. 네 생일 때도 엄마가 직접 요리하셨다고 했지. 나는 그때 떡볶이라는 한국 음식 처음 먹어 봤어.

미국에 와서 처음 맞았던 내 생일이 생각난다. 엄마는 생일 파티에 몇 명이나 데려올 거냐, 어느 나라 아이들이냐, 그 아이들이 무슨 음식을 좋아하느냐고 퇴근할 때마다 물었다. 엄마는 바쁜데도 보기 좋게 내 생일 파티 음식을 준비하고 싶어 했다. 친구들 사이에서 내가 기죽을까 봐 그러는 것 같았다.

아이, 엄마는. 피자만 있으면 돼요.

엄마의 고민을 덜어 주는 척 피자로 밀고 가기로 했다. 여러 종류 피자를 맘껏 맛볼 수 있는 기회를 놓치고 싶지 않았으니까.

그래도 그렇지, 어떻게 피자만. 이 엄마가 요리사인데.

한국에 있을 때 요리를 배워 자격증을 딴 엄마다. 미국에 와서 레스토랑의 요리사가 되었다.

괜찮아. 엄마는 그날도 출근해야 되잖아요.

생일 전날 동생과 마트에 가서 파티용품을 사 왔다. 노란색 풍선과 파티용 테이블보와 접시, 컵 등을 골랐다. 날씨가 맑고 시원해 정원에서 파티하기에 좋았다. 동생과 풍선을 불어 나뭇가지와 테이블 창문, 여기저기에 매달았다. 저택에서 파티를 여는 기분이 났다. 아파트 건물 가운데가 정원이라 가든파티를 할 수도 있으니 참 좋다. 나무 그늘 아래의 피크닉 테이블에 음식을 차려 놓았다.

생일날 엄마는 한국 아이들을 생각해 떡볶이도 만들어 주고 출근했다. 점심시간이 되자 아이들이 선물을 들고 모여들었다. 미국, 이란, 중국, 프랑스, 이집트, 여러 나라의 아이들이 섞여 있었다. 동생도 친구들을 불러왔다.

점심을 먹고 난 다음 친구들에게 비눗방울을 나누어 주었다. 한국에서 올 때 학용품과 같이 가져온 것이었다. 내가 먼저 비눗방울을 불기 시작했다. 미국에서는 절대로 볼 수 없는 비눗방울 모양이었다. 신기한 비눗방울 모양에 아이들이 모두 와아 하고 소리를 질렀다. 비눗방울도 아이들의 소리에 맞춰 둥실둥실 하늘로 날아올랐다. 슬비가 뾰로통한 표정으로 비눗방울을 바라보고 있었다. 2층 테라스에서 불자 비눗방울이 바람을 타고 띠를 이루며 아파트 정원을 날아다녔다. 아파트에 사는 어린아이들이 비눗방울을 발견하고 모두 정원으로 나왔다. 비눗방울을 잡으려고 손을 뻗고 따라다니기 시작했다. 비눗방울은 공원에서 아파트 쪽으로 향하고 있던 오리들에게도 날아갔다. 오리들도 떠다니는 비눗방울을 보며 두리번거렸다.

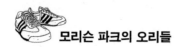

모리슨 파크의 오리들

아파트에서 조금 걸어가면 모리슨 파크다. 공원에는 아담한 연
못이 있다. 겨울 동안 연못에는 수많은 오리들이 무리 지어 살고
있었다. 처음 미국에 왔을 때 엄마와 나는 그 공원에 자주 갔다.
나는 식빵 부스러기를 들고 가서 오리들에게 던져 주곤 했다. 오
리들은 뒤뚱거리고 다가와 먹이를 쪼아 먹고는 연못 속으로 들어
가 자맥질을 했다. 머리를 연못에 집어넣고 꽁지를 하늘로 쳐든
채 다리를 파르르 떨었다. 한 마리가 시작하면 옆에 있는 다른 오
리들도 따라 했다. 내가 먹이를 준 것에 고마움을 표하는 행동인
가. 엄마는 목도리로 얼굴을 감싸고 깊은 생각에 잠긴 표정으로
오리들을 바라보고 있었다.

무슨 생각을 하는 걸까. 잃어버린 아파트와 그 아파트에 쌓여 있는 우리 가족의 시간일까. 아빠의 잃어버린 직장과 인생과 꿈들일지도 몰라. 엄마는 그 모든 것을 되살릴 방법을 발견해 내려고 깊은 생각에 빠져 있는 거다. 엄마는 발견의 달인이니까. 머지않아 엄마는 생각을 떨치고 일어서 웃겠지.

유레카!

그렇게 손뼉을 칠 거다.

미국에 온 뒤 우리 가족은 한국에서의 생활은 이야기하지 않았다. 매일 이곳 생활에 적응하는 일에만 파묻혀 지냈다. 새로운 곳에서 새로운 생활 발견하기. 엄마의 생각과 같았다.

오리들이 아파트 쪽으로 다가오고 있었다. 저 녀석들이 이곳까지 오려면 차도를 건너야 하는데 무사히 온 걸까. 출발할 때 몇 마리였을까. 내 눈에 보이는 숫자와 같기를 바랐다.

교통 표지판에는 노란 오리 가족 그림이 박혀 있다. 오리가 지나가는 길이니 주의하라는 뜻이다. 나도 엄마가 운전하는 차를 타고 가다가 오리 가족을 만난 적이 있다. 오리 세 마리가 차도로 들어섰다. 큰 오리 두 마리와 새끼 오리 한 마리였다. 오리 가족은 두리번거리며 뒤뚱 걸음으로 차도를 건너기 시작했다. 엄마가 차를 멈추고 오리 가족이 다 지나갈 때까지 기다렸다. 오리가 길을 다 건넜는데도 엄마는 출발하지 않고 오리들을 바라보고 있었다. 왜 그랬을까. 엄마는 다가온 뒤차의 경적 소리를 듣고서야 출발

했다. 우리가 오리들을 못 보고 그냥 지나갔더라면 어떻게 되었을까.

나는 그 오리 가족을 보며 우리 가족을 떠올리고 있었다. 미국이란 나라에 처음 도착해 두리번거리는 우리 가족이 오리 가족을 닮았다는 생각. 엄마도 그래서 한동안 오리들을 바라본 걸까.

차를 타고 가다 보면 동물들의 시체를 자주 보게 된다. 다람쥐와 너구리, 사슴까지. 길가에 널브러져 있는 동물들의 시체는 참혹했다. 지나다니며 그 참혹한 형체가 변해 가는 모습을 보았다. 마침내 먼지처럼 굴러다니는 형체로 변할 때까지. 그러면 더 이상 참혹하게 느껴지지 않았다. 참혹함도 지나간다. 그리고 잊힌다.

학교 운동장에 오리들이 들어올 때도 있다. 오리들은 아이들을 졸졸 따라다녔다. 그런 오리들을 보면 제시카의 동생들이 생각났다. 텔레비전 뉴스는 그물로 오리들을 잡아들이는 장면을 보여 주었다. 오리들의 외출이 많아지는 철이라 경찰이 교통사고로부터 오리들을 보호하기 위해 벌이는 작업이라고 했다.

비눗방울을 타고 그런 생각들이 떠다녔다. 두리번거리며 비눗방울을 따라 돌아다니는 오리들을 바라보았다. 아이들이 오리들에게 더 많은 비눗방울을 불어 주었다.

일기에 적었다. '오늘 많은 아이들을 즐겁게 해주었다. 비눗방울처럼 가벼운 것으로. 다른 사람을 즐겁게 만드는 일이 나 자신도 즐겁게 해준다. 비눗방울을 더 많이 가져와 여기 코럴빌의 아

이들 모두에게 나눠 주고 싶다. 내 생일은 비눗방울 파티였다.'

그날 밤 아이들과 모두 같이 비눗방울을 타고 둥둥 나는 꿈을
꿨다.

 **처음 카페에 간 날**

연못을 바라보며 깊은 생각에 잠겨 있던 엄마의 모습이 그날 카페에서의 모습을 떠오르게 했다. 엄마가 나를 처음으로 카페에 데려가 준 날이었다. 그날은 엄마와 함께 등기소라는 곳에 가 본 날이기도 했다. 내가 그때까지 가 본 관공서는 동사무소가 전부였다. 엄마의 심부름으로 주민 등록 등본을 떼러 몇 번 가 본 적이 있었다. 그날 오전 엄마는 등기소에 전화를 해 등기부 등본을 부탁해 놓았다.

그 무렵 엄마와 아빠는 매일 어딘가를 바쁘게 돌아다녔다. 이런저런 서류를 떼러 다니고 법원이며 관공서를 왔다 갔다 하고 친척들과 만나는 일들이었다. 집에 오면 엄마가 없을 때가 많았다. 동생과 나는 그냥 학교에 다녔고 학교에 다녀오면 동생은 태권도 학원으로 나는 음악 학원으로 갔다.

등기소 옆에 옛날식 시립 미술관 건물이 있고 그 마당에 큰 은행나무가 서 있었다. 은행나무에 잎이 아직 남아 있었다. 엄마는 등기소 직원에게 신청해 놓은 서류를 찾았다. 서류를 받아든 엄마의 손이 떨리는 것 같았다. 엄마가 어지러운지 휘청, 해서 얼른 엄마의 팔을 잡았다. 무슨 일인지 몹시 궁금했지만 엄마의 기분을 살피며 묻지 못했다.

괜찮아. 이렇게 된 것도 몰랐다니.

잠시 의자에 앉아서 쉰 다음 엄마가 혼잣말을 하며 일어났다.

밖으로 나온 엄마는 내 손을 잡고 버스 정류장으로 나왔다. 버스를 타고 아파트 입구에 도착했을 때 엄마가 주위를 두리번거렸다.

엄마랑 저기 가서 맛있는 커피 마시자.

무슨 일인지 영문을 알 수 없지만 어쨌든 마음이 살짝 들떴다. 엄마가 가리킨 건물의 2층에 카페가 보였다. '사카'라는 이름이었다. 이름도 멋지다. 오늘은 내가 카페에 처음 가 보는 날이다. 속으로 말했다. 카페로 들어갔다. 키 큰 식물 화분이 놓여 있는 실내는 회색과 검은색 인테리어로 차분한 분위기였다. 아, 카페라는 곳이 이렇게 생겼구나. 쉬고 싶은 생각이 저절로 드는 소파. 여기가 휴양지라면 좋겠다. 이 푹신한 소파에 파묻혀 마냥 있고 싶다.

여기서 좀 정리를 하고 들어가기로 하자.

종업원이 안내한 자리에 앉았다. 검정 앞치마를 두른 종업원이 다가왔다.

커피를 주문한 엄마가 등기부 등본을 펴서 내게 보여 주었다. 나는 엄마가 내 몫으로 시켜 준 커피가 무슨 맛일까 궁금했다.

우리 집에 무슨 일이 벌어졌는지 엄마가 오늘 너한테 자세히 이야기해 줄게. 이것부터 보거라.

엄마의 손가락이 가리키는 부분을 보니 저당, 압류라는 낱말들이 있었다. 종업원이 커피를 가져왔다. 커피 잔이 큼직했다. 커피를 한 모금 마셨다. 우유 거품이 볼록한 커피는 진짜 맛있었다. 엄마가 그 낱말들이 무엇을 의미하는지 설명해 주었다. 다시 물어볼 필요도 없이 이해가 되었다. 우리 집이 없어졌고 가난해졌다는 거였다.

엄마는 커피를 한 모금 마시고 한숨을 쉬며 가만히 앉아 있었다. 무슨 그런 법이 다 있단 말인가. 보증이란 건 왜 만들어 가지고 우리 가족을 이렇게 갑자기 내팽개친단 말인가. 엄마를 어떻게 위로하면 좋을지 알 수 없어 화가 났다. 화가 나서 견딜 수 없었다. 커피를 계속 마시며 엄마가 무슨 말을 할지 귀를 기울였다.

엄마랑 카페에 처음 와서 커피 마시는 날 이런 이야기를 듣게 됐구나. 미안하다, 엄마가 정말.

엄마가 크흑 소리를 내고는 얼른 한 손으로 입을 막았다. 커피를 한 모금 마신 엄마가 내 두 손을 꼭 잡았다.

우리 미국으로 가서 살게 될 거야. 나중에 돌아오면 이 카페에 다시 와 보자.

나는 남은 커피를 마저 마셨다. 커피 맛이 깊고 진했다. 내 생각도 깊고 진해지는 기분이었다. 우리 가족이 갑자기 미국으로 가게 되었다. 그 문장이 잠이 들 때까지 머릿속에서 맴돌았다.

세상은 무섭고 놀라운 일이 끊임없이 일어나는 곳이다. 우리 가족에게 그런 일이 생길 줄 몰랐던 것처럼 언제 어디서 그런 일이 일어날지 아무도 알 수 없다. 지금 이 순간에도 어디선가, 누구에겐가 무섭고 끔찍한 일이 일어나고 있을 것이다.

다른 훈련날과 다름없이 운동장을 달렸다. 생각이 꼬리를 물고 이어지는 동안 열아홉 바퀴를 달렸다. 재미있는 이야기를 생각하며 달리고 싶었는데 속상한 일까지 생각나 우울해졌다. 어쨌든 7,600미터를 달린 거다. 내 인생에서 처음으로. 누구나 자신의 인생에서 7,600미터를 달리지는 않을 것이다. 그러니까 우리 벽화 팀은 특별하고 대단하다. 나도 그렇다. 요즘은 내 인생에서 처음으로 해 보는 일들이 계속 생기고 있다.

퍼커션 콘서트

네스타가 퍼커션 콘서트 티켓을 가져와 우리들에게 나누어 주었다. 타악기로만 연주하는 콘서트인데 시간은 저녁이었다. 매튜와 제시카는 가족과 할 일이 있어 같이 가지 못한다고 했다. 결국 나와 네스타만 가게 되었다. 아빠가 아프리카 음악을 하기 때문에 티켓이 가끔 생긴다고 했다. 네스타의 아빠를 학교 주차장에서 얼핏 본 적이 있었다. 뚱뚱한 네스타의 아빠는 레게 머리를 하고 있었다.

퍼커션은 타악기잖아. 이렇게 타악기로만 연주회를 열지? 이런 연주회가 흔하니?

응. 그런 편일 거야. 나는 아빠가 뮤지션이라서 그런지 생소하지 않은데 너는 처음인가 보구나.

그래. 어떤 음악일까 굉장히 궁금해.

오후 7시 장소는 대학의 중강당이었다. 대학까지는 버스를 타고 가기로 하고 버스 정거장에서 네스타를 만나기로 했다. 학교 연주회 말고 이런 프로 뮤지션들의 연주회에 와 보기는 처음이었다. 시간이 되자 사람들이 모여들기 시작했다. 좌석이 다 차지는 않았다. 타악기 연주는 오케스트라나 실내악만큼 친숙하지 않은 듯했다.

연주자들이 악기를 튜닝하기 시작했다. 타악기도 튜닝이 필요한가. 둔탁한 소리들이 흩어지고 있었다. 처음 미국에 와서 인디언의 파우와우(Powwow. 아메리카 인디언 말로 동네 잔치라는 뜻) 공연을 보았다. 그때 인디언들이 질러 대는 노랫소리에 귀가 멍멍했는데 오늘도 그러면 어쩌지. 타악기 공연이어서 그럴 확률이 높아 보이는데 티켓을 준 네스타에게 싫은 티를 낼 수도 없다.

무대가 열리자 드럼, 봉고, 팀파니 등의 악기들이 나타났다. 연주자는 다섯 명이었다. 처음 보는 악기의 이름은 네스타에게 물었다. 연주가 시작되었다. 그런데 이게 무슨 일인가. 타악기에서 멜로디가 흘러나오는 것이었다. 어디선가 많이 들어 본 적이 있는 멜로디였다.

이게 무슨 음악이지?

아프리카 음악인데 나도 곡명은 모르겠어.

어떻게 저런 악기에서 이런 소리가 나올 수 있지? 진짜 아름답다. 실은 나 말이야, 타악기 콘서트 재미없을 거라고 생각했어.

아, 뭘. 네가 좋아하니까 나도 기분 좋다. 네가 같이 안 간다고 할까 봐 조금 마음 졸였거든.

그럴 리가 있니. 누가 가자는 건데.

뜻밖의 퍼커션 콘서트는 정말 멋졌다. 벽화를 그리는 데도 신선한 자극이 될 것 같다.

엄마에게 며칠 내내 퍼커션 콘서트 감상을 이야기했다. 그래선지 엄마가 네스타를 불러 저녁을 같이 먹자고 했다. 지난번 팀원들이 와서 슬립오버할 때와 달리 오늘은 엄마와 아빠가 쉬는 날이다.

네스타가 왔다. 네스타는 몸집이 작아 내 동생과 비슷해 보인다. 네스타는 동생과 게임을 하며 잘 어울렸다. 네스타와 함께 저녁을 먹었다. 엄마는 집에서 늘 먹는 반찬을 그대로 차렸다. 양념하지 않은 김을 굽고 달걀말이와 잡채를 상에 놓았다. 네스타에게 김 싸 먹는 법을 가르쳐 주었다. 네스타가 김 위에 밥을 놓고 반찬을 놓고 김으로 덮으며 샌드위치 같다고 싱글싱글 웃었다.

토요일, 우리 벽화 팀은 학교에 간다. 사정을 모르는 어른들은 토요일에 학교 가는 우리들을 말썽꾼으로 여기겠지. 하지만 교무실 앞으로 와 보시라. 우리가 거기서 무얼 하는지. 우리는 새롭게 태어난 새터데이 스쿨 아이들이다. 그게 어색하지 않다. 뉴 밀레니엄의 아이들로 특별해진 기분이다.

이게 바로 뉴 밀레니엄 프리미엄이라는 거지. 아무나 할 수 있는 거 아니잖아.

네스타가 건달 흉내를 내며 거들먹거렸다.

그래. 우리가 제인 같은 멋진 친구를 둔 덕이지.

제시카가 내 어깨를 톡톡 건드렸다.

주말에 벽화를 그리러 학교에 가는 일은 우리에게 가장 중요한 행사다. 우리는 가족들과 모이는 피크닉에도 빠지고 학교로 간다. 우리의 생각과 행동이 이렇게 한 가지 일로 일치할 수 있다는 게 놀랍다. 매튜가 빠졌더라면 어땠을까. 아찔하다. 여전히 우리와 한 팀인 매튜, 고맙다.

학교에 가 보니 제시카가 먼저 나와 사물함에서 그림 재료들을 옮겨 놓았다.

헤이, 제시카. 일찍 왔구나. 언제 왔어?

20분쯤 전에. 다른 애들도 금방 오겠지.

애들 다 오면 시작할까?

아니, 먼저 왔으니까 우리부터 시작하자.

곧이어 매튜와 네스타가 왔다.

벽화를 그리고 있는 아이들을 바라본다. 우리답지 않게 별로 말이 없다. 훼손된 벽화를 다시 대하려니 조심스러웠다. 훼손되었던 부분을 다시 살펴보았다. 그날 껌과 잼이 붙어 있던 부분을 꼼꼼히 닦아 냈기 때문에 이상은 없었다. 우리들은 다른 때와 다르게 말은 없지만 다른 때보다 더욱 그리기에 몰두했다. 벽화 속으로 빨려 들어간 듯이 모두 자신이 맡은 바이킹을 페인트칠하는 데 열중했다.

오늘은 카세트 라디오를 학교에 가져왔다. 내가 카세트 라디오를 꺼내 보이자, 뭐야? 하는 아이들의 표정. 플레이 버튼을 눌렀다. 아하. 슈퍼마리오! 아이들이 동시에 고개를 끄덕거렸다. 분위기가 순식간에 바뀌었다. 벽 앞에 서서 세 번 발을 구르고 'Go, Vikings!'를 외쳤다. 벽 주변과 로비가 여름으로 변한 느낌이었다. 마리오를 따라 달리던 여름. 슈퍼마리오를 들으며 벽화를 그렸다. 네스타와 제시카, 매튜, 우리 모두 슈퍼마리오 게임 이야기를 하느라 지루한 줄 모르고 붓질을 했다. 그 여름날이 눈에 선했다.

여름이면 슈퍼마리오 게임이 떠오른다. 여름, 하면 머릿속에서 슈퍼마리오 게임의 음악부터 흘러나온다. 동생이 저보다 나이도 어린 형준이네 집에 그렇게 가고 싶어 했던 것도 슈퍼마리오 때문이었다. 차마 부모님에게 게임기를 사 달라는 말은 할 수 없었다. 무려 150달러나 하는 게임기를. 나도 슬비 집에서 슈퍼마리오 게임을 익혔다. 마리오를 따라 강을 건너고 낭떠러지로 떨어졌다가 다시 험한 산을 올랐다. 아름다운 공주를 구하기 위해서. 마지막에 공주를 구출했을 때는 가슴이 뭉클해져 눈물이 흘러나왔다. 그때 퍼져 나오던 음악, 마리오가 달릴 때마다 따라붙던 경쾌한 듯하며 슬프기도 했던 그 멜로디. 동생과 내가 그토록 마리오에게로 이끌렸던 것도 그 음악 때문이 아니었을까. 왜 나는 그토록 그 음악에 마음이 끌렸을까.

그 음악에 모든 것을 잃고 가루들만 잔뜩 짊어지고 미국에 도착한 우리 가족의 모습이 스며들어서인가. 촘촘한 카펫의 올마다 참

찹하게 스며든 먼지처럼 마리오의 음표마다 우리 가족의 생생한 시간이 배어 있어서인가. 카펫 위의 열기와 아이들의 긴장된 숨소리와 마리오와 음악. 우리 가족이 미국에서 처음으로 맞은 여름이었다.

힘들지 않아, 제시카?

아니, 너무 재밌어. 같이 그림을 그리다 보면 우리가 형제인 것 같다는 생각도 들어. 너는 안 그래?

아, 나만 그런 게 아니었구나. 매튜와 네스타도 그럴까. 이건 벽화 프로젝트가 나에게 덤으로 주는 선물이 아닐까. 제시카는 벽화 프로젝트 팀원이 돼서 벽화를 그리는 게 꿈만 같다고 비밀 이야기처럼 속삭인다. 제시카는 학교에서 쉬는 시간에도 항상 그림을 그린다. 친구가 없어서인지도 모른다.

처음 미국 학교에 다니기 시작했을 때 제시카의 생일 파티에 초대를 받았다. 미국에 와서 처음 가 본 친구의 생일 파티였다. 그날 제시카의 엄마를 처음 보고 가슴이 철렁할 만큼 놀랐다. 세상에 사람이 그렇게 뚱뚱할 수 있다니. 미국이란 나라는 이런 충격을 주는 곳인가. 제시카 집에 머무는 내내 진정이 되지 않았다. 제시카의 엄마는 혼자서 움직이기가 곤란할 정도로 심한 비만이었다. 생일 케이크를 자를 때까지만 얼굴을 보이고는 더 이상 나타나지도 않았다. 제시카의 아빠는 보이지 않았다. 아빠는 직장 때문에 캘리포니아에 있다고 했다. 제시카는 외할아버지와 함께 살고 있었다.

내가 집으로 들어가자 제시카의 동생들이 다가와서 졸졸 따라다니며 재잘거렸다. 다른 아이들도 선물을 들고 모여들었다. 한국애는 나밖에 없었다. 슬비도 보이지 않았다. 러시아와 인도, 이란에서 온 아이들이 모여들었다. 제시카의 할아버지가 우리들을 데리고 집안 이곳저곳을 안내해 주셨고 사진도 찍어 주셨다. 제시카의 할아버지는 모노폴리 게임도 가르쳐 주셨다. 그러는 동안에도 제시카 엄마에게서 받은 충격이 가시지 않았다.

제시카의 동생들은 우리 엄마도 졸졸 따라다녔다. 학교 발전 기금 모으기 행사에서 만났을 때였다. 그 애들이 나를 발견하자마자 다가오더니 엄마에게도 계속 말을 걸며 곁을 떠나지 않았다. 그날 제시카의 할아버지도 참석하셨다. 슬비 엄마는 엄마와 인사를 나눈 뒤 다른 한국 사람들 사이로 사라졌다.

다음 날 만난 슬비가 이랬다.

너, 제시카 같은 애랑 친구하고 싶니?

왜? 친구하면 안 되니?

제시카네 엄마와 아빠 이혼했대. 엄마는 비만 환자고.

제시카 엄마는 나도 봤어.

어땠어? 괴물이지?

괴물이 뭐니? 움직이는 게 힘들어 보였어. 근데 제시카 할아버지는 정말 친절하셨어.

　그래? 아무튼 나는 걔 별로야.

　너한테 별로이지 않은 사람이 누가 있니?

　아니야. 나도 성격 좋아. 왜 그래. 나만 그러는 거 아냐. 다른 애
들 아무도 제시카랑 안 놀아. 걔 항상 혼자 놀잖아. 너도 제시카랑
놀게 되면 다른 애들에게 따돌림당할지도 모른다. 조심해.

　벽화를 그리면 계속해서 기억이 떠오른다. 나는 기억하기 때문
에 존재하는 것 같다. 벽화를 그리며 지금까지 지내 온 시간을 정
리한다. 아이들을 돌아보았다. 제시카와 눈이 마주쳤다. 가슴이
뭉클했다. 함께 그림을 그리고 있는 우리가 정말 형제가 된 것 같
다. 그건 서로의 빨간 스티커를 이해한다는 느낌일까. 우리는 지
금 서로의 마음속에 붙은 빨간 스티커 때문에 형제가 되고 있나
보다. 나는 얼른 제시카에게 손가락으로 동그라미를 만들어 보였
다. 제시카도 나에게 동그라미로 답했다. 네스타와 매튜가 우리를
건너다보더니 저희들도 동그라미를 그려 보였다.

　오늘 드디어 너희들은 스무 바퀴를 달릴 것이다. 출발!

　미스터 바이슨은 누가 스무 바퀴가 되기를 기다리기라도 한 것
처럼 외쳤다. 달리는 거리가 첫 훈련의 두 배로 불어난 날이다. 사
람이란 얼마든지 훈련에 길들여질 수 있나 보다. 지금 우리를 보

라. 이제는 왜 달리는지 생각하지 않고 그냥 트랙을 달린다. 달리고 또 달린다. 이 트랙의 끝에 무엇이 있을까. 미스터 바이슨은 알고 있을까. 그는 지금도 바퀴 수를 외치며 달리고 있다. 오늘 훈련을 마치면 또 빨간 스티커와 공포 조각이 떨어져 나가겠지. 그것만 생각한다.

자, 집중해라. 처음에 말했듯이 내일은 대회 전 실제 경기를 경험하기 위해 거리를 달릴 것이다. 10킬로미터를 달리고 나면 하프 코스에 대한 두려움이 많이 가실 거다. 10킬로미터라고 두려워할 것 없다. 너희들 모두 충분히 완주할 수 있다고 나는 믿는다.

미스터 바이슨이 스트레칭을 마치며 고래고래 외쳤다.

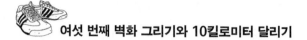

실제 거리 10킬로미터를 달린다. 절대로 초반에 속도를 내지 말고 천천히 달려라. 출발!

미스터 바이슨이 출발하기 전 주의할 점을 강조했다. 미스터 바이슨이 그렇게 강조했음에도 남자아이들은 초반부터 앞으로 치고 나갔다. 바이슨이 속도를 줄이라고 남자아이들에게 소리쳤다. 미스터 바이슨은 한동안 남자아이들 옆에서 달렸다. 나는 제시카와 속도를 맞춰 나란히 달렸다. 거리와 대학가를 지났다. 3킬로미터 부근에서 내가 제시카 앞으로 나가기 시작했다. 미스터 바이슨은 남자아이들의 흥분을 가라앉힌 뒤 나와 제시카의 뒤를 지키며 달렸다.

들과 강이 휙휙 지나갔다. 코스가 강 쪽으로 접어들면서부터 바람의 방향이 앞으로 바뀌었다. 숨이 차기 시작했다. 10킬로미터는 끝없이 멀었다. 앞쪽만 바라보며 달리다가 주위를 둘러보기도 했다. 강 쪽으로 기울어져 있는 버드나무가 눈에 띄었다. 다른 식물들도 강물을 향해 기울어져 있었다. 그런 장면이 달리는 사이에 눈에 띄다니 신기했다.

그동안 훈련하며 가장 멀리 달린 거리가 8킬로미터였다. 그 거리를 넘어가면서 부쩍 지친다는 느낌이 들었다. 마음이 그런 기억만 찾는 것 같아 얄미웠다. 심리전에서 이겨야 한다. 두려워하지 말자. 이건 하프 코스의 반도 안 되는 거리다. 다리를 끌며 달렸다. 남자아이들은 50분대에 완주했고 나와 제시카는 1시간을 조금 넘겼다. 모두 무사히 10킬로미터를 완주했다.

그런데 미스터 바이슨이 만족스런 표정으로 뜻밖의 선언을 했다.

다음 훈련부터는 거리를 줄여 갈 것이다.

네? 정말로요?

처음에 그런 말 안 해주셨잖아요.

그래서 지금 말해 주고 있는 거야.

갑자기 계획을 바꾸신 거예요? 그럼 마라톤 참가는 어떻게 되는 건가요?

내 계획에 없었던 게 아니다. 너희들을 기쁘게 해주려고 지금 말해 주는 거야. 처음부터 말해 주면 너희들 긴장이 풀릴 테니까. 마라톤 대회는 물론 예정대로 참가한다.

얼마나 줄일 건데요?

지금까지 훈련을 잘 따라 준 너희들이 대견하다. 너희들이 훈련한 가장 긴 거리가 8킬로미터, 스무 바퀴였다. 거기서 반을 줄이고 그다음 한 바퀴씩 줄여 간다. 그러니까 다음 훈련 시간엔 열 바퀴를 달릴 것이다.

우리들은 땀범벅이 된 채 하이파이브를 하며 미스터 바이슨을 에워쌌다. 확실하지 않지만 미스터 바이슨의 눈에 눈물이 어려 있는 것 같았다. 마라톤을 달리는 것도 벽화를 그리는 것도 한 번에 완성된 모습이 드러나지는 않는 일인가 보다. 쉬지 않고 달려야 피니시 라인이 보이듯 벽화도 마지막까지 그려야 그림의 모습을 볼 수 있겠지. 마라톤 대회는 얼마 남지 않았다. 두렵지만 포기할 마음은 없다. 벽화도 거의 완성되어 간다. 우리는 곧 벽화를 완성할 것이다.

열세 번째 훈련과 슬비의 손톱

벽화가 또 훼손되었다. 페인트칠이 엉망으로 벗겨져 있었다. 특히 두 여자아이의 얼굴 부분이 심하게 긁혀 있었다. 날카로운 것으로 마구 긁어 놓은 듯했다. 벽화 속 아이들의 얼굴이 일그러진 표정으로 변해 보였다. 뉴 밀레니엄의 희망 같은 건 찾아볼 수도 없었다. 빨간 스티커가 다시 마음속에 박힌다.

아침에 등교하자마자 벽화가 이상해진 걸 발견했다. 발견한 순간 무엇에 세게 얻어맞은 것처럼 가슴이 아팠다. 이런 폭력을 쓴 사람은 어떤 사람일까. 왜 이러는 걸까. 지금도 사나운 눈길로 여기를 보고 있는 건 아닐까. 소름이 돋으며 콜럼바인 사건이 떠올랐다. 아름다운 몸이 훼손당했다는 느낌. 공포 조각의 수가 다시 늘었다.

마음속에서 피가 흐르는 것 같다. 이런 짓을 하는 너는 도대체 누구인가. 너는 이 벽화를 흔해 빠진 그림으로 보았나. 그러니까 이렇게 무례하게 폭력을 쓰겠지. 너는 모른다. 이 벽화에 우리 부모님과 동생, 온 가족의 마음이 들어 있다는걸. 우리 가족의 아픔과 간절한 바람이 들어 있다는걸. 너는 그 간절한 바람을 훼손했다.

훼손된 여자아이들의 얼굴을 살펴보았다. 투구와 뿔은 엇비슷하게 잘리고 눈과 코와 입이 뭉개져 얼굴은 테두리만 남아 있다. 희망을 떠올리게 하는 그림. 미스터 바이슨의 당부가 그것이었다. 희망을 담은 눈, 그런 눈을 그리려고 얼마나 고민했는지 모른다. 희망이란 무엇일까. 만화를 그리던 습관대로 예쁘고 초롱초롱한 눈만 떠올랐다. 희망을 가진다. 희망을 가지려면 믿음이 필요하다. 엄마가 좋아하는 말, 미국 사람들이 입만 열면 강조하는 말이 생각났다. We can do it. We can make a difference.

우리 집이 그렇게 무너진 다음부터 나에게 가장 먼저 떠오른 말도 '희망'이었다. 초등학교 6학년인 내 생각에는 그랬다. 희망 따위 유치하다고 비웃는 아이들도 보았다. 희망 같은 건 푸즈볼 게임보다도 시시한 거라고 거들먹거렸다. 그럼 너희들에게 시시하지 않은 건 뭔가.

머릿속에 또렷하게 눈이 맺혀 왔다. 내가 그려야 할 눈. 바로 우리 가족의 바람이 담긴 눈. 그 눈은 그렇게 해서 태어난 눈이었다.

지금도 내 마음속에는 희망과 믿음이라는 두 낱말이 돌아다닌다. 가끔 그 낱말들이 걸음을 멈추고 가만히 나를 응시할 때가 있다. 부모님을 원망하는 생각이 들 때, 그 아이들처럼 희망 따위 없어도 그만이라는 생각이 머리를 들 때다. 그 생각이 희망과 믿음, 두 낱말을 거만하게 마주 본다. 잠시 째려보던 그 생각은 두 낱말의 뚜벅 걸음에 에워싸여 함께 간다.

그림을 다시 그려야 한다. 저 상태로 그냥 때우는 건 불가능하다. 훼손된 부분을 지우고 밑그림부터 다시 그려야 한다. 훼손되지 않은 다른 부분과 농도 차이가 나지 않도록 주의해 색을 칠해야 한다. 무엇보다 내가 그리려는 눈의 형체를 다시 잡아야 한다. 자칫하면 내가 그리고자 했던 그 눈을 표현하지 못할 수도 있다. 집중해야 한다. 화가 나고 속이 상하지만 집중하기 위해 화가 난 마음을 떼어 버리자. 거의 완성된 벽화를 이렇게 파괴하다니. 하지만 누가 아무리 훼방하더라도 우리는 반드시 벽화를 완성할 것이다. 벽화를 훼손한 범인에게 보란 듯이.

아무리 마음이 아파도 마음의 100퍼센트 전부가 아프지 않다는 걸 나는 알고 있다. 최소한 1퍼센트쯤은 다른 마음이 섞여 있다. 그러니까 지금 내 마음은 이렇다.

극도로 마음이 상했지만 - 99퍼센트

더 좋은 눈을 그릴 수 있는 기회인지도 모른다는 생각 - 1퍼센트.

그러면 99퍼센트의 일그러진 마음이 살짝 펴진다.

그때도 그랬다. 아빠가 우는 모습을 보았을 때. 가구와 가전제품, 동생과 내 책상, 컴퓨터, 동생의 게임기, 그리고 엄마가 새 아파트에 입주한 기념으로 나에게 특별히 마련해 주었던 작은 화장대에 그 빨간 스티커가 번뜩이고 있을 때. 그때도 나는 미국에 가면 저절로 영어를 말하게 될 거야, 하는 생각을 하고 있었다.

그러니까 빨간 스티커가, 아빠의 울음이 100퍼센트 우리 가족을 무너뜨리지는 않는 것이다. 나에게는 1퍼센트의 다른 마음이 있었으니까. 99퍼센트의 절망이 1퍼센트의 다른 마음에 섞여 묽어지는 것이다. 그 마음을 나는 희망이라고 믿었다. 그 마음이 희망이 아니면 무엇이란 말인가. 이래도 희망이란 말이 시시한가. 형체는 없었지만 희망은 언제나 우리의 마음속을 돌고 있었다. 우리 가족 모두 그랬을 거다. 동생은 분명히 그랬다. 우리는 빨간 스티커가 붙은 피아노 앞에서 머리를 맞대고 희망을 잃지 말자고 약속했으니까. 부모님이 그렇지 않은데 우리가 그런 다짐을 했을 리 없으므로 부모님은 당연히 그랬을 거다.

지난번 벽화가 훼손되었을 때도 경고문을 붙였다. 다시 이런 일이 벌어진 걸 보면 그 경고를 대수롭지 않게 여긴 거다. 더 강력한 벌이 필요했다. 이렇게 처참하게 벽화를 훼손한 범인은 더 강력한 처벌을 원하는 것이다. 그렇지 않고는 이럴 수 없다.

학교는 벽화를 훼손한 범인이 누구인지 반드시 밝혀낼 것이다.
범인은 새터데이 스쿨 6시간 이상, 또는 정학 3일에 처한다.

미스터 바이슨은 학교의 이름으로 다시 경고문을 붙였다.

지난번에는 모두 놀란 나머지 훼손된 벽화 주변을 자세히 살펴
보지 못했다. 증거물이 될 만한 무엇이 남아 있었을지도 모른다.
그런 일은 미처 생각도 못했다. 누군가 우발적으로 장난을 쳤겠
지. 그래서 범인을 잡으려는 생각도 하지 못했다. 훼손 상태가 이
렇게 심하지 않았고 처음이었기 때문이다. 그런데 이번엔 다르다.
이건 우발적인 행동이 아니라 계획된 범행임이 틀림없다. 팀원들
과 사다리를 놓고 벽화의 훼손된 부분을 자세히 살펴보기 시작했
다. 모두 말 한마디도 없이 심각한 표정이다.

나는 곧 무엇인가를 발견했다. 페인트가 긁혀 밀려난 곳에 박혀
있는 조각이었다. 이게 뭐지. 조각을 집어냈다. 집어낸 순간 온몸
이 떨렸다. 나도 엄마처럼 발견의 달인이 되려는 걸까. 슬비의 손
톱. 그건 분명히 슬비의 손톱이었다. 다른 사람은 몰라도 내게는
절대 숨길 수 없는 손톱. 내가 슬비의 손톱에 칠해 준 별무늬. 그
한 귀퉁이었다. 어쩌겠다는 생각도 없이 나는 얼른 그 손톱 조각
을 주머니에 감췄다. 손이 덜덜 떨렸다. 설마 슬비 네가 이런 짓까
지 하지는 않았겠지. 하지만 나는 명백한 증거인 슬비의 손톱 조
각을 쥐고 있었다.

벽화를 훼손한 범인은 확실해졌다. 이제 슬비가 범인이라는 걸 밝히기만 하면 된다. 그런데 슬비가 범인이 아니기를 바라는 마음이 있다. 그래서 팀원들 앞에서는 태연한 척해야 했다. 나는 왜 그 손톱 조각을 팀원들 앞에 바로 보이지 않고 감췄을까. 왜 그랬을까. 그건 아직도 슬비가 내 친구라는 걸 믿고 싶기 때문일까.

모두 침울한 채로 훈련을 마쳤다. 미스터 바이슨도 훈련을 시작한 뒤 처음으로 고함을 치지 않았다. 스무 바퀴에서 절반으로 줄어든 열 바퀴를 달렸다. 거리가 반으로 줄었음에도 별 차이를 느낄 수 없었다. 나는 달리면서도 슬비의 손톱 생각뿐이었다. 범인은 슬비다. 어쩌면 좋지. 미스터 바이슨에게 밝히는 게 옳은 일이다. 그게 나와 팀원들과 벽화에 이롭다. 다시는 이런 방해를 받지 않아야 한다.

벽화를 그리는 날이다. 모두 벽화 앞으로 모였다. 하지만 벽화에 가까이 다가가기가 주뼛거려졌다. 벽화를 완성해야 할 시간이 얼마 남지 않았다. 이런 일이 또 벌어지면 그때까지 벽화를 완성할 수 없게 된다. 슬비는 그걸 노리는 걸까. 슬비가 범인이라는 걸 학교에 알리면 그런 걱정은 더 이상 하지 않아도 된다. 망설이지 말고 슬비가 범인임을 밝히자. 밝혀야 한다. 그렇게 이 사건을 마무리 짓고 벽화를 완성하는 데 집중해야 한다. 다른 방법은 없을 것이다.

애들아. 여기 집중! 이것 좀 봐!

아이들을 불러 모으고 손톱 조각을 꺼내 보였다. 아이들이 가까이 다가왔다.

그게 뭔데?

손톱 같은데.

제시카가 고개를 갸웃하며 중얼거렸다.

손톱? 이게 손톱이야? 색깔이 있어서 잘 모르겠는데. 그런데 이 손톱 조각이 어떻다고?

네스타가 흥분하며 달려들었다.

벽화에서 나왔어.

뭐? 그럼 이거 증거물이잖아!

매튜도 흥분해서 외쳤다.

그럼 이 색깔은 뭐야? 페인트가 묻은 걸까?

네스타가 조각을 들고 살폈다.

손톱 색일 수도 있어.

그럼 여자 손톱이라는 건데. 남자들이 이런 색 매니큐어는 안 하니까 말이야.

네스타가 손으로 턱을 괴며 골똘한 표정을 지어 말했다.

이건 어떤 여자애의 손톱이야. 내가 이 손톱을 잘 알거든.

내가 손톱 조각을 가리키며 나지막하게 말했다.

그래? 정말 누구의 손톱인지 알아?

정말? 아, 소름 끼친다.

응. 한눈에 알아볼 수 있었어.

누군데?

세 아이가 한 목소리로 외쳤다.

슬비.

아!

그런데 제인. 그 사실을 왜 감추고 있었던 거야. 얼른 미스터 바이슨에게 알리자. 잘못을 저지른 사람은 벌을 받아야 해.

왜 말 안 했어? 슬비를 돕고 싶은 거야? 팀장이면서 어떻게 그런 생각을 해. 우리들이 얼마나 충격 받았는데.

제시카와 매튜가 따져 물었다.

미안해. 이걸 발견한 순간 나도 모르게 감추게 됐어. 그리고 나서 엄청 고민했어. 그래서 너희들과 의논하기로 한 거야.

의논할 게 뭐 있어. 바로 바이슨에게 말해야지.

매튜가 거듭 말했다.

잠깐, 나한테 좋은 생각이 있어.

네스타가 노련한 탐정 같은 표정을 지으며 목소리를 깔았다.

무슨 생각인데. 말해 봐.

미스터 바이슨에게 알리기 전에 우리가 해결해 보는 거야.

어떻게? 왜?

우리 프로젝트니까 우리 스스로 멋지게 해결해 보자는 거지. 우선 그 손톱 조각이 슬비의 것이 맞는지 객관적으로 입증해야 돼.

그래야 확실한 증거물이 될 수 있어.

어떤 식으로?

손톱 조각의 색이 벽화의 페인트인지 매니큐어 색인지 밝혀내야 해. 벽화의 색 중에 손톱 조각과 같은 색이 있는지 살펴본 다음 제인이 왜 그 손톱이 슬비의 것이라고 믿는지 밝혀야 해.

좋은 생각이기는 한데 그럴 필요가 없잖아. 그냥 학교에 알리면 학교에서 알아서 처리할 텐데.

매튜가 네스타의 머리를 헝클어뜨렸다.

나도 이 일은 그냥 학교에 알리는 게 좋다고 생각해. 잘못하면 슬비가 자기를 의심했다고 우리들을 문제 삼을지도 몰라.

그 점은 걱정 안 해도 돼. 파란색 별무늬 손톱 조각. 벽화에는 이런 파란색이 쓰이지 않았고 이런 별무늬도 없어. 이건 내가 슬비에게 그려 준 매니큐어야. 이건 명백해. 먼저 슬비를 만나 태도를 보고 결정하면 어떨까.

그래. 슬비를 불러 범행을 자백시키자. 그런 다음 사과를 받는 게 좋겠어.

네스타가 우리들을 돌아보았다.

그런데 슬비를 어떻게 불러올 거야?

맞아. 그런 짓을 저지른 아이가 우리가 오란다고 순순히 오겠어?

매튜와 제시카가 미심쩍다는 듯이 나와 네스타를 바라보았다.

슬비가 오지 않을 수 없는 뭔가가 필요해. 일종의 미끼 같은 것.

네스타가 다시 탐정 흉내를 냈다.

그건 매니큐어야. 손톱 그리기로 슬비를 불러낼 수 있을 거야.

내 말이 떨어지자 아이들이 긴장하기 시작했다.

아, 그 방법이 있구나. 슬비가 제인의 손톱 그리기라면 어쩔 줄 모르니까.

그럼 그때 슬비에게서 벽화를 훼손했다는 자백을 받아 내면 좋겠다.

그럼 제인 혼자 슬비를 만나야 되겠지?

진짜 소름 끼치고 흥분되는데. 우리도 그 현장에 함께 있으면 안 될까.

어수선해서 방해될 거야. 제인이 혼자 슬비를 만나 범행 자백을 받고 사과하도록 하는 게 좋겠어.

슬비에게 전화하기까지 마음을 가다듬느라 시간이 걸렸다. 앞으로 벌어질 일이 떠올라 두근거리는 마음이 가라앉았다. 슬비가 아무 의심 없이 그전처럼 손톱을 그리러 내게 올 수 있는 목소리를 내야 했다. 간신히 마음을 진정하고 슬비에게 새로 산 매니큐어를 보여 주겠다는 전화를 했다. 새로운 무늬를 그릴 건데 관심 있으면 오라고 넌지시 말했다. 슬비는 조금 망설이는 듯하다가 우리 집으로 오겠다고 대답했다.

얼마 뒤 슬비가 머뭇거리며 현관문 안으로 들어섰다. 나는 그전과 다름없는 표정을 짓고 준비해 둔 매니큐어를 꺼내 슬비에게 보여 주었다.

어떠니. 이 색깔?

정말 색깔 예쁘네. 어디서 샀어?

슬비의 관심이 새 매니큐어로 쏠렸다. 현관문 안으로 들어올 때 머뭇거리던 기색이 매니큐어를 보는 순간 사라졌다. 자기가 저지른 일도 다 잊은 것 같다.

무슨 무늬 만들 거야? 새로운 무늬가 뭔데?

슬비의 본래 모습이다. 완전히 경계심이 풀린 듯하다.

바이킹 무늬. 어때? 멋지지 않니?

슬비가 조금 주춤하는 듯했다.

우리 학교 상징이 바이킹이잖아. 학교 상징인 바이킹 손톱, 어때? 우리 곧 졸업할 텐데 기념으로. 자, 시작해 보자.

우리 학교는 8학년에 졸업을 하고 하이스쿨로 올라간다. 슬비가 오른손을 내밀었다. 두 번째 손톱이 떨어져 나간 자리가 드러났다. 벽화에 박힌 손톱 조각 모양 그대로다. 슬비, 역시 너였구나.

이 손톱은 왜 이러니? 어쩌다 떨어져 나갔니?

목소리가 떨렸다. 슬비의 표정을 살폈다. 슬비가 입술을 떠는 것 같다. 아직 제 손톱이 어디서 떨어졌는지 모르고 있는 걸까. 들켰기 때문일까.

어, 정말. 나도 몰라. 가끔 그러잖아.

내가 어디서 본 손톱이랑 깨진 모양이 똑같은데.

어디서 뭘……?

벽화에 박혀 있던 손톱 조각을 꺼내 보였다.

특이해서 주운 거야. 어때? 눈에 띄지 않니?

슬비의 눈앞에 손톱 조각을 가까이 가져갔다. 슬비가 표정이 변하더니 발딱 일어섰다.

나 갑자기 머리가 아파. 오늘은 그냥 집에 갈래.

그렇게 네 맘대로 가면 안 되지!

슬비의 팔을 잡았다.

왜 이래? 무슨 짓이야?

무슨 짓? 너 자신이 잘 알 텐데.

자, 이제 다 드러났어. 똑바로 범행을 털어놓고 잘못을 빌어.

얘가 정말 왜 이래. 내가 무슨 잘못을 했다고.

정말 너 말 안 할 거니? 그럼 학교에 신고할게. 네가 우리에게 끼친 피해가 얼마나 큰지 알아?

몰라. 나는 아무 잘못한 거 없어, 신고하려면 해라. 웃기고 있어 진짜.

너 끝까지 거짓말하는구나. 그래. 좋아.

슬비의 손을 붙잡아 깨진 손톱에 손톱 조각을 맞춰 보였다.

이 손톱무늬 내가 그려 준 거야. 그래서 확실히 기억한다. 너도 기억하지? 맞지?

슬비가 주저앉으며 울기 시작했다.

솔직하게 말할 기회를 줬는데도 너는 무시했어. 너는 한 번도 아니고 두 번씩이나 그런 짓을 저질렀어. 너는 잘못을 저지르면서도 무얼 잘못했는지 몰라. 항상 다른 사람의 마음을 아프게 하지. 네 말대로 이제 학교에 알릴 일만 남았어.

아, 제인아. 제발 학교에 알리지만 말아 줘. 다시는 이런 짓 안 할게.

슬비가 울음을 그치지 않았다.

울음으로 얼렁뚱땅 넘어갈 생각하지 마. 이 일이 그렇게 간단히 넘어갈 문제인 줄 알았니? 경고문에서 봤듯이 너 정학 맞을 거야.

벽화 프로젝트 자격 테스트에서 떨어지고 속상해서 그랬어. 벽화 그리는 너희들이 부럽고 샘이 났어. 정말 잘못했어. 용서해 줘. 앞으로는 절대 이러지 않을 거야.

그래. 사과는 받아들일게. 지금 네가 한 말 잊지 말기를 바란다. 하지만 이 문제 아직 끝나지 않았어. 미스터 바이슨이 안 이상 이 정도로 끝날 수 없을 거야. 학교 전체에 알려진 일이니 조용히 넘어갈 수 없겠지.

제인아, 제발.

슬비가 울면서 돌아갔다.

팀원들에게 슬비가 범행을 자백하고 사과한 이야기를 전했다.

벽화 프로젝트 자격 테스트에서 떨어지고 속상해서 그랬다는 것, 벽화를 그리는 우리들이 부럽고 샘이 났었다고 털어놓은 것도 전했다.

슬비가 벽화를 훼손한 범인이 자기라고 자백했어. 사과하고 반성도 하겠다고 했어. 어떻게 할지 이야기해 보자. 학교에 알릴지, 우리 사이에서 처리하고 넘어갈지.

제인. 무슨 말이야. 당연히 미스터 바이슨에게 알려야지. 슬비에게 좋지 않은 결과가 내려지더라도 우리로서는 어쩔 수 없는 거야. 자기가 저지른 대가를 받는 거니까.

매튜가 단호하게 말했다.

생각해 보면 슬비의 인생에 좋은 일일 수도 있어. 그런 식으로 사는 건 다른 사람에게 피해만 입히니까 이번 기회에 잘못을 똑바로 깨닫고 올바르게 살도록 이끌어야 돼.

제시카도 학교에 알려야 한다고 주장했다.

테스트에서 떨어진 일 때문에 엄청 자존심이 상했나 봐. 그리고 잘못을 인정하고 사과했잖아. 우리 사이에서 용서해 주고 넘어가면 좋겠어. 학교에 알려 정학 맞으면 슬비를 보는 우리 기분도 안 좋잖아. 그러면 벽화 마무리하는 데도 안 좋은 영향을 미칠 테고.

네스타가 관용을 베풀자고 말했다.

의견이 나뉘어 결론이 나지 않았다.

조금 더 냉정하게 생각해 보고 다시 이야기하자.

그러자. 흥분을 식혀야 돼. 애들아, 제인 말대로 하자.

제시카가 일어섰다.

그게 좋겠다. 어쨌든 벽화를 잘 완성하는 게 우리의 목표니까.

아홉 바퀴를 달리면서도 다른 생각은 나지 않았다. 슬비 생각뿐이었다. 학교에 알려야 하나, 우리끼리 용서하고 넘어가야 하나. 한국인 친구이기 때문인지도 모른다. 슬비가 이런 불미스러운 일로 낙인찍히는 것만큼은 막고 싶다. 한국으로 돌아갈 날도 얼마남지 않았다고 했는데. 이런 일을 저지른 슬비가 원망스럽다. 멍청한 계집애. 너는 너 때문에 내가 이렇게 괴로워하는 건 짐작도 못할 거다. 네가 나라면 어떻게 했겠니.

다른 방법이 없다. 미스터 바이슨과 의논하기로 했다. 지금 우리를 지도하는 선생님이니까. 미스터 바이슨 말고 더 좋은 의논상대는 없을 것이다.

제인, 내게 잘 의논해 주었다. 너희들 의견이 팽팽하게 갈려 있다고. 네가 고민이 많이 되었겠구나. 그럼 너는 진심으로 슬비가 처벌받지 않기를 바라니?

내 말을 다 들은 미스터 바이슨이 잠시 생각한 뒤 내게 물었다.

네. 테스트에서 탈락한 일로 이런 일을 저지르게 되었다니 기분이 안 좋아요. 정말 함께 벽화를 그리고 싶었나 봐요. 정식으로 선생님과 팀원들에게 사과문을 쓰고 반성하게 하면 어떨까요? 그 정도로 용서해 주셨으면 좋겠어요.

제인. 학교엔 규칙이 있다. 규칙은 엄격히 지켜져야 해.

네. 알아요.

규칙도 그렇고 너희들이 심하게 충격을 받았는데도 용서해 주는 게 낫겠니?

네. 이번에 용서받지 못하면 슬비가 더 나빠질 것 같아요. 슬비에게 벌을 주고 싶지만 그 점을 생각해서 참는 거예요.

벽화는 학교에서 기획한 의미 있는 사업이다. 그 의미를 훼손한 범행이기 때문에 가볍게 넘길 수는 없다. 네 의견은 이해했으니 조금 더 생각해 보도록 하자.

나는 바로 팀원들에게 미스터 바이슨의 의견을 전달했다.

그렇지. 어떻게 그냥 용서할 수 있어. 내 생각이 맞잖아.

매튜가 의기양양하게 말했다.

그렇지만 미스터 바이슨도 더 생각해 보기로 했어. 나는 슬비가 이 일로 용서받지 못하면 더 나빠질까 봐 걱정돼.

슬비가 훼손한 건 벽화만이 아니야. 우리들의 마음도 훼손했어. 그게 문제야. 우리들의 시간과 노력이 낭비된 거 생각해 봐. 용서해 주고 넘어가면 슬비가 정말로 제 잘못을 반성할 수 있을까. 안 돼.

매튜의 반대 의견은 여전히 단호했다.

나는 제인의 말에 동의해. 어릴 때의 사소한 잘못을 용서받지 못해 결국 범죄자가 되는 경우가 있잖아. 이번에 용서받고 슬비가 올바른 사람이 되면 정말 좋겠어. 그게 가장 좋은 일이 아닐까.

네스타가 예를 들며 말했다.

이번 일은 절대 사소하지가 않아. 학교의 큰 프로젝트를 훼손한 거야. 슬비는 큰 범죄를 저지른 거라고.

슬비가 이기적이고 이해심이 없는 아이인 건 사실이야. 그런 애가 테스트에서 탈락하는 바람에 벽화를 그릴 수 없게 되었어. 슬비는 테스트 대상자들에게서 따돌림당했다고 생각했을 거야. 그것 때문에 저지른 일이었나 봐. 따돌림당하는 건 정말 가슴 아픈 일이야.

제시카도 생각을 밝혔다.

이제 나 혼자 반대네. 어쨌든 이번 기회에 그런 버릇 고쳐 놓아야 해. 바이슨과 우리 앞에서 정식으로 범행 자백하고 사과하도록 해야 돼. 일주일 동안 매일 반성문 쓰게 하고 벽화 그리고 난 뒤

청소도 시키든지.

　제시카가 슬비를 이해하는 투로 의견을 말하자 매튜도 한발 물러섰다.

　매튜. 네 말뜻 잘 알겠어.

　제인. 지난번에 내가 너를 힘들게 했기 때문에 양보하는 거야.

　어쨌든 미스터 바이슨이 어떤 결정을 내릴지 기다려 보자.

일곱 번째 벽화 그리기와 마지막 훈련

미스터 바이슨이 우리들을 불러 모았다.

이번 일로 너희들의 마음이 많이 상했다는 걸 이해한다. 너희들의 더 큰 성취를 위해 이런 어려움이 거듭 닥친 거라고 생각하자. 제인에게서 이번 일에 대한 너희들의 의견 들었다. 생각해 본 결과 학교에는 알리지 않기로 했다. 선생인 내가 너희들보다 옹졸하면 안 되겠지. 이제 슬비를 어떻게 처벌할지 너희들에게 맡기겠다. 너희들이 잘 처리할 거라고 믿는다. 너희들은 현명하게 어려움을 극복할 수 있는 아이들이다. 지금까지 해 왔던 것처럼 잘 마무리하기를 바란다.

미스터 바이슨이 우리들에게 처음으로 들려준 부드러운 목소리

226

였다.

감사합니다.

자, 이제 슬비에게 우리의 의견을 전할 차례야. 미스터 바이슨에게 직접 찾아가서 사과하도록 하는 거 어때?

그래. 학교에 알리지 않고 넘어가긴 했지만 그렇게 용서를 빌어야 해.

그다음은 매튜의 의견대로 우리 모두에게 정식으로 사과하고 반성하는 자세로 생활할 것. 맞지? 그리고 우리는 열심히 벽화를 마무리하자.

좋아. 시간도 얼마 남지 않았어. 이제부터 벽화만 열심히 그려야 돼. 범인을 잡았으니까 분위기 망칠 일도 없잖아.

우리 스스로 벽화를 훼손한 범인을 잡았다. 그 일이 팀의 분위기를 더욱 살려 주는 것 같다. 이제 벽화 마무리에만 집중하면 된다.

파괴하는 인간들과 함께 산다는 건 정말 힘들어.

그래도 함께 살고 있어. 이렇게 살 수밖에 없는 걸까.

그러니까 벽화를 더 멋지게 완성하자. 멋지게 완성된 벽화를 보면 슬비도 진심으로 반성하게 되지 않을까.

우리들은 벽화 앞에 서서 힘차게 'Go, Vikings!'를 외쳤다. 여태해 오던 일임에도 새로운 일을 시작하는 기분이었다. 훼손된 벽화를 수정하기 시작했다. 긁혀 나가고 엉겨 붙은 부분들을 다듬었다. 훼손된 곳을 긁어내고 다시 페인트칠을 하는 작업에 점점 탄

력이 붙었다. 우리들의 앞치마가 원래의 색을 알아볼 수 없게 변해 있었다.

오전 시간이 다 지나갔다. 내가 먼저 사다리에서 내려와 아이들에게 명령했다. 미스터 바이슨 흉내를 냈다.

우리 같이 바이킹 송 부른다. 실시!

아이들과 합창했다.

가자, 바이킹들아. 우리 팀은 결코 실패하지 않아.

마침내 너와 나를 위해 승리할 때까지

우리 모두 하나가 되어 싸우자!

라 라 라!

응원가를 부르자 마치 우리가 풋볼 선수라도 된 것처럼 분위기가 살았다. 우리는 한 팀이다. 우리는 들소 떼이며 바이킹들이다.

엄마가 싸 준 라자냐로 점심을 먹었다. 오후에는 마지막 마라톤 훈련이 기다리고 있다. 드디어 마라톤 대회가 내일로 다가왔다.

오늘은 미스터 바이슨의 계획표대로 트랙 여덟 바퀴를 달렸다. 별로 힘들지 않았다. 훈련 거리가 줄기도 했지만 마지막 훈련이라는 생각 탓도 있었을 것이다. 무엇보다 우리들이 다시 새로운 기분으로 뭉쳤다는 기쁨이 힘을 주었기 때문일 것이다. 훈련을 마친 뒤 다른 때보다 더 충분히 스트레칭을 했다.

미스터 바이슨이 달리며 주의할 점을 다시 한 번 강조했다. 처음처럼 둘째 손가락을 치켜들고서.

자, 이제 집으로 돌아가 충분히 자도록 해라. 내일 완주하길 바란다. 굿 럭!

걱정하지 마. 잘 해낼 수 있을 거야. 나는 주먹을 꽉 쥐고 미스터 바이슨의 말 한 마디 한 마디를 새겨들었다.

레인이 선명한 트랙을 바라보았다. 그동안 짜증 나거나 포기하고 싶은 마음도 트랙을 밟으면 사라졌다. 내가 돌았던 트랙 수는 얼마나 될까. 하이파이브를 날리며 우리들은 운동장을 떠나 집으로 향했다.

내일은 벽화를 완성하는 날이기도 하다. 훼손 사건으로 충격을 받아 작업이 조금 늦어지기는 했지만 우리들은 더 열심히 벽화 그리기에 매달렸다. 우리들이 함께 벽화에서 살고 있다는 느낌, 그 느낌이 한층 두터워졌다. 그동안 함께 훈련해 온 시간이 드디어 내일 피니시 라인, 그 한 지점으로 집중될 것이다. 그 시간이 훼손의 충격도 금세 이겨 낼 수 있게 도운 건 아닐까.

벽화의 완성 그리고 마라톤 하프 코스 완주

오늘은 내 인생에서 가장 잊을 수 없는 날이다. 내가 백 살이 되도록 산다 해도 오늘 같은 벅찬 일은 더 생기지 않을 것 같다.

아침 일찍 일어났다. 대회 출발 시간보다 적어도 두 시간 일찍 일어나라는 미스터 바이슨의 당부를 기억했다. 엄마는 내 아침으로 찰떡을 준비해 주셨다. 이른 시간이라 밥맛이 없었지만 참고 먹었다. 우리들은 미스터 바이슨의 차로 대회장에 도착했다.

마라톤을 하는 사람들이 그렇게 많은 줄 처음 알았다. 우리들만 힘들게 달리는 줄 알았다. 우리들 모두 그 점에 놀라 입을 벌렸다. 미스터 바이슨의 당부대로 출발선의 중간에 섰다. 풀코스가 출발한 지 10분쯤 지나 하프 코스 출발 신호가 울렸다. 미스터 바이슨도 우리와 함께 하프 코스를 달렸다. 레이스 초반에 그는 남자아이들과 우리 사이를 오가며 달렸다. 고함은 치지 않았다.

급수대의 물은 그냥 지나치지 말고 다 마셔라.

그 말뿐이었다. 그러고는 달려 나갔고 우리의 시야에서 사라졌다. 매튜와 네스타는 어디쯤 달리고 있을까. 15킬로미터를 지나면서 힘에 부치기 시작했다. 언제부터인가 제시카도 보이지 않았다. 17킬로미터부터는 갑자기 몸에서 힘이 다 빠져나갔다. 주저앉고 싶었다. 기절할 수 있다면 좋겠다고 생각했다. 그러면 더 달리지 않아도 되니까. 나는 왜 기절 같은 것도 하지 않을까. 조금만 걸어도 되지 않을까. 쓰러진 척하고 응급차에 실려 들어갈까 생각도 해 보았다.

정신 차려라. 여태 달려온 게 아깝지도 않은가!

갑자기 미스터 바이슨의 고함 소리가 들려왔다. 미스터 바이슨의 고함 소리는 귓속에서 들려오고 있었다. 그래. 여태 훈련한 게 아깝다. 피니시 라인이 얼마 남지 않았는데 여기서 포기할 수는 없지. 다리를 질질 끌다시피 달리는 자세를 유지했다. 한번 걷기 시작하면 다시 달리기 힘들어진다.

힘을 내라. 벽화를 생각해라. 얼른 완주하고 벽화를 완성하자. 피니시 라인을 통과하는 순간 빨간 스티커들을 모두 떼어 날려 버릴 수 있을 것이다. 죽은 줄 알았다가 살아 나온 기분을 느낀 적이 있었다. 토네이도가 지나간 뒤 거리에 나와 섰을 때의 그 기분을 기억했다.

초등학교 졸업식이 끝나고 방학을 맞았다. 길고 긴 여름방학. 동생과 내 앞에 난처하고 심심한 방학이 널려 있었다. 우리는 도서관에 가서 책을 보고 집에 와서 점심을 먹었다. 날씨나 만화 채널을 보다가 저녁을 먹고 레크리에이션 센터에 가서 푸즈볼 게임을 했다. 그런 밋밋한 날이 이어지고 있었다. 날씨는 덥고 비는 내리지 않았다. 지루하고 갑갑했다. 그러다가 갑자기 우리 동네에 토네이도가 왔다. 그런 엄청난 일은 처음이었다.

미국에 온 뒤 동생과 나는 늘 텔레비전의 날씨 채널을 켜 두었다. 가장 많이 보는 텔레비전 프로그램은 만화였다. 스쿠비 두와 조니 브라보와 파워퍼프걸 등등. 기상 캐스터들은 날씨를 실감나게 방송한다. 비를 예보할 때면 비의 종류에 따라 아나운서의 목소리와 표정이 변한다. 폭풍을 동반한 비와 가랑비를 예보할 때면 한 사람인데도 완전히 다른 사람의 목소리처럼 느껴진다. 특별한 의미가 있는 날에는 어울리는 마스코트나 의상을 갖추고 나타난다. 크리스마스에는 산타 복장으로, 독립 기념일에는 성조기 무늬 넥타이를 매는 식으로.

동생과 나는 날씨 채널을 켜 놓은 채 만화를 그리고 있었다. 밖의 날씨는 맑은 편이었다. 얼마쯤 지났는데 아나운서의 목소리가 조금 전과 달라졌다는 느낌이 들었다. 토네이도가 우리 도시 가까운 곳으로 이동하고 있다는 뉴스였다.

토네이도! 토네이도에 대해 알고 있는 게 뭐지. 한국 학교에서 민방위 훈련을 하는 것처럼 미국 학교에 다닌 뒤로는 토네이도 대피 훈련을 해 왔다. 엄마한테 토네이도 영화 이야기를 들었던 기억이 났다. 그건 아무 도움도 되지 않았다. 지도를 가리키는 아나운서의 손끝을 따라가며 머릿속으로는 토네이도에 대해 배운 내용을 복습하기 시작했다. 토네이도의 주기는 20분에서 30분이다. 대피 요령은 지하실로 들어가 최대한 몸을 낮추고 기다리는 것뿐이다.

누나, 지금 여기로 오고 있어!

창밖을 보니 어느새 어둑어둑해져 있었다. 심상치 않은 바람도 거세게 몰아치고 있었다. 어떻게 해야 하지. 아빠가 일하는 슈퍼마켓에 전화했다. 주인아저씨가 전화를 받아 아빠는 창고에서 일하는 중이라 받을 수 없다고 했다. 아저씨는 우리에게 얼른 지하실로 대피하라고 했다. 도란네 집에도 전화해 보았다.

지금 우리 집으로 빨리 와.

가깝긴 하지만 토네이도가 다가오는데 도란네 집에는 어떻게 가지? 부모님이 없으니 말할 수 없이 불안했다. 그때 아나운서가 외쳤다.

매디슨 카운티, 토네이도 경보 발령!

으아아. 죽었구나.

동생이 탁자 밑으로 기어 들어가며 부르짖었다. 부모님 대신 내가 동생을 안전하게 지켜야 한다. 나는 학교에서 배운 토네이도 대피 방법을 외우기 시작했다. 우리는 허둥지둥 지하 대피실로 내려가 바닥에 엎드렸다. 동생은 두 손으로 귀를 꽉 막고 눈을 감고 있었다. 지하 대피실에는 우리 말고 많은 사람들이 토네이도를 피하기 위해 와 있었다. 밖에서 경보를 알리는 사이렌이 길게 울리고 있었다. 곧이어 전기가 끊겼는지 주위가 깜깜해졌다. 뭔가 날아다니고 부딪치는 소리들이 전쟁 영화처럼 요란하게 들려왔다. 아무것도 보이지 않는 깜깜한 어둠 속, 들려오는 건 무지막지한 굉음뿐이었다. 공포 영화가 이렇게 무섭다면 절대 볼 수 없을 것이다.

얼마 전에도 다른 지역에 토네이도가 닥쳐 마을이 무너지고 사람들이 죽었다고 했다. 그런데 실감 나지 않던 그 일이 우리에게 닥치다니. 믿을 수 없었다. 우리도 여기서 죽는 게 아닐까. 부모님도 못 본 채 이 깜깜한 지하실에서. 다시 토네이도를 복습하기 시작했다. 토네이도의 주기는 20분에서 30분……. 시간이 얼마나 지났을까. 서서히 밝아 오는 느낌이 들었다. 몸을 일으켰다. 눈과 귀를 꽉 막고 엎드려 있는 동생을 흔들었다.

우리 살아있는 거야, 누나?

밖으로 나왔다. 비는 말끔히 그쳤고 공기도 시원했다. 집이 날아가고 차들이 뒹굴고 나무들이 뿌리까지 뽑힌 채 넘어져 있었다.

밖으로 나와 보게 된 그런 풍경이 몹시 이상했다. 영화의 한 장면인가. 아니면 우리가 엎드려 있는 사이에 다른 차원의 세상으로 공간 이동을 했나. 무슨 일이 일어났던 거지. 머리가 텅 비어 넋이 빠져나간 느낌이었다. 엄청나게 큰일을 겪고 나면 그런가 보다. 지금 내 표정이 그때 부모님의 표정을 닮지 않았을까. 미국에 오기 직전의 부모님 표정이 떠올랐다.

방송과 전기가 끊긴 30분 정도의 시간 동안 우리가 할 수 있는 일이라고는 아무것도 없었다. 그냥 엎드려 기다리는 것뿐이었다. 집으로 들어오자 눈물이 쏟아졌다. 동생과 울었다. 전화 자동 응답기에는 부모님의 걱정스런 음성이 여러 번 녹음되어 있었다. 우리는 부모님에게 가 보기로 했다. 우리가 무사하다는 걸 우리의 모습으로 보여주고 싶었다.

버스를 탔다. 기사 아저씨가 우리를 보고 토네이도 속에서 살아남았다며 브라보를 외쳤다. 들판에 서 있던 거대한 송전탑들이 쓰러져 있고 신호등이 작동하지 않았다. 네거리마다 경찰이 나와 차들을 교대로 한 대씩 통과시키고 있었다. 그래서 부모님에게 가는데 40분이나 걸렸다. 평소에는 15분도 채 안 걸리는 거리다.

부모님은 살아서 온 우리를 바라보고 마냥 웃으셨다. 우리는 엄마가 일하는 레스토랑에서 미국에 온 뒤 처음으로 자장면을 먹었다. 살아 돌아와 먹는 자장면은 정말정말 맛있었다. 일기에 내 놀라움을 적었다. '토네이도가 우리에게 쳐들어왔다. 토네이도 앞에

서 우리가 할 수 있는 게 아무것도 없다니. 컴퓨터도 자동차도, 무기도 토네이도를 이길 수는 없다.'

그 뒤로 며칠 동안 전기가 들어오지 않았다. 시에서 햄버거를 배달해 주어 받아먹었다. 쓰러진 송전탑은 계속 넘어져 있다가 2주일이 지나서야 우뚝 일어섰다. 사람들이 박수를 치며 새로 일어선 송전탑을 축하했다. 그동안 우리 동네 사람들은 전기가 없던 과거 속의 생활을 경험했다.

힘내요! 멋져요. 피니시 라인에 거의 다 왔어요!

길가에 나와 있던 사람들이 성조기를 흔들며 응원했다. 그 소리에 깜짝 놀라 현실로 돌아왔다.

유 캔 두 잇! 유 캔 메이크 어 디퍼런스!

누군가의 목소리가 커졌다. 나 들으라고 외치는 건가.

엄마가 좋아하는 말이다. 모두의 목소리이며 엄마의 목소리이기도 한 말이다. 누구일까. 저 말을 외치는 사람은. 내 몸속 어딘가에서 에너지가 솟아나기 시작했다. 두 다리의 근육을 타고 그 에너지가 뻗어 가는 게 느껴졌다. 나는 질주하기 시작했다. 미스터 바이슨이 가르쳐 준 마지막 400미터를 질주하라는 말이 떠올랐다. 내가 있는 지점이 그 구간인지 아닌지 분간할 수 없었다. 사람들의 목소리가 크게 들리는 것으로 미루어 피니시 라인이 가깝다는 건 알 수 있었다.

드디어 내가 피니시 라인을 밟고 있었다. 먼저 완주하고 물을 마시고 있던 매튜와 네스타가 달려왔다. 잠시 뒤에 제시카도 들어왔다. 제시카는 들어오자마자 널브러졌다.

정말 축하한다. 너희들이 자랑스럽다.

가장 먼저 완주한 미스터 바이슨이 달려와 엄지손가락을 치켜 들며 우리들의 어깨를 두드렸다.

나는 너무 가슴이 벅차. 오늘 일이 믿을 수 없어. 흐흑.

제시카가 울음을 터뜨렸다.

나도 그래. 제시카.

나도 제시카를 포옹하며 울었다.

나도 나를 믿을 수 없어.

네스타와 매튜도 눈물을 흘리며 우리와 함께 포옹했다.

미스터 바이슨이 우리들을 바라보며 고개를 자꾸 끄덕였다.

얼른 학교로 가서 샤워하자. 오늘 점심은 애플비로 하겠다.

미스터 바이슨의 차로 함께 학교로 갔다. 샤워를 마친 뒤 애플비에서 음료수로 건배하며 하프 코스 완주를 축하했다. 그리고 벽화를 멋지게 마무리하자는 다짐도 외쳤다.

하프 코스를 완주했지만 아직 마음속 변화는 느낄 수 없었다. 빨간 스티커와 공포 조각들의 변화는 시간이 조금 지난 뒤에 알 수 있지 않을까. 이제 느긋하게 기다릴 것이다. 나는 이미 하프 코스를 완주했으니까.

점심을 먹고 학교로 돌아왔다. 마지막으로 벽화를 그리는 시간. 미스터 바이슨이 벽화 앞으로 나왔다. 우리가 환호했다. 미스터 바이슨도 우리와 함께 벽을 향해 섰다. 발을 세 번 굴렀다.

Go, Vikings!

피니시 라인을 밟던 순간의 느낌이 떠올랐다. 뜨거운 불을 밟은 것 같던 느낌.

꼭 집어 표현할 수는 없지만 뭔가 달라진 점이 있었다. 벽화를 바라보는 기분이 몹시 절실했다. 마지막이라서 그럴까. 내 기분만이 아니라 그림 속 바이킹들도 달라진 듯했다. 달리는 동작도 훨씬 실감 나게 보였다. 우리들은 각자 맡은 바이킹들의 눈, 코, 입과 몸통을 꼼꼼하게 점검했다.

바탕색을 다 칠했다. 마지막으로 내가 할 일이 남아 있었다. 미스터 바이슨이 칭찬했던 캘리그래피다. 'Northwest Vikings Into The New Millennium'이라고 그림의 아래쪽에 써 넣었다. 그리고 작은 글씨로 팀원들 각자의 이름을 적었다. 우리들과 벽화 속 바이킹들이 다르지 않다고 느껴졌다. 벽화 속 바이킹들이 바로 우리들이었다.

드디어 벽화를 다 그렸다.

Go, Vikings! Go! Go! Go!

붓을 내려놓으며 모두 얼싸안고 우렁차게 바이킹 구호를 외쳤다.

구호를 외치며 다시 얼싸안고 눈물을 흘렸다. 우리는 역시 한 팀이다. 네스타가 바이킹 송을 부르기 시작했고 우리 모두 합창했다.

월요일인 내일은 벽화의 완성을 축하하는 개막식이 열릴 예정이다. 어느새 어두워지고 있었다. 언제부터인지 미스터 바이슨도 벽화 앞에 다가와 있었다.

그동안 정말 수고했다. 나도 너희들 덕분에 행복했다.

미스터 바이슨의 눈에 눈물이 어리는 듯했다. 아니 이번엔 확실히 보았다.

나도 다시 가슴이 뜨거워지며 눈물이 흘렀다. 벽화가 그려진 벽을 새삼스럽게 한참 올려다보았다.

내가 너희들에게 제안할 것이 있다.

아, 안 돼요. 미스터 바이슨. 아니, 미스터 제이슨. 제안은 그만하셔도 돼요.

또 무슨 제안을 하실지 무서워요. 제발 하지 마세요.

하하. 너희들 아주 나를 대놓고 거부하는구나. 하지만 이번이 마지막이다. 그리고 너희들도 하고 싶었던 일인지도 모른다.

우리가 하고 싶었던 일이라니. 그게 뭐야. 이것은 또 다른 함정이 아닐까.

매튜가 수군거렸다.

여기 학교 앨범을 놓아두겠다. 사인 페이지를 펼쳐 이 벽화를 향해 너희들이 하고 싶은 말을 마음껏 적어 보거라. 너희들이 직접 그린 벽화니 하고 싶은 말이 많을 거야.

아아. 안심이다.

그런 거라면 오케이입니다.

나는 뺨에 남아 있는 눈물을 손으로 지운 다음 천천히 그림 재료들을 챙겨 사물함에 넣었다. 그리고 흰 천으로 벽화를 덮었다. 벽화에 무슨 일이 생기는 건 아닐까. 잠깐 그런 생각이 들었지만 그런 생각이 드는 게 이상해 웃었다. 그런 일은 더 이상 생기지 않을 것이다. 기분이 뭐라고 표현할 수 없이 복잡했다. 기쁘고 벅차고 두렵고 설레고. 내 인생에 이렇게 복잡한 기분은 한 번도 느껴본 적이 없었다. 이건 혹시 빨간 스티커와 공포 조각들이 사라지는 기분은 아닐까. 아이들을 힐끗 쳐다보았다. 그런데 아이들도 같은 생각을 하고 있었던 걸까. 우리들의 눈이 마주쳤다.

우리가 해냈어!

그래. 그래. 결국 해냈어.

네스타의 말에 기다렸던 것처럼 우리 셋은 한꺼번에 대답했다.

그리고는 각자 사인 페이지에 끼적이기 시작했다. 아이들 표정이 진지했다. 우리 넷은 앨범을 덮고 건물을 빠져나왔다.

아아! 아파!

모두 다리를 붙들고 절룩거리며 비명을 질렀다. 이제야 다리가 아픈 걸 깨달았다. 마라톤 하프 코스를 완주했다는 증거였다. 개막식은 내일이다. 하프 코스를 완주한 뒤라 몸은 지쳤지만 정신은 어느 때보다도 또렷하다.

집에 돌아가서 마사지 많이 하고 내일 만나자!

모두들 집을 향해 절룩거리며 달렸다.

아파트 건물 안으로 들어와 심호흡을 했다. 나무 냄새가 좋았다. 현관문을 열어 주는 동생에게 'V' 자부터 보냈다.

벽화 다 그렸지롱.

동생도 'V' 자를 만들며 하이파이브를 날렸다.

진짜? 어때, 멋져? 마라톤은 어떻게 됐어? 골인했어?

골인? 하하. 내가 뭐 축구했니.

그럼 피니시 라인 끊었어? 혹시 탈락한 거 아냐?

무슨 그런 한심한 소리를. 무사히 완주했고, 벽화도 멋지게 완성하고 왔지.

매튜랑 네스타도 완주했어?

물론이지. 걔들이 제시카랑 나보다 훨씬 빨라.

나도 해 보고 싶은데.

그럼 너도 그림 열심히 그려서 앨범 표지 공모에 응모하고 미스터 바이슨을 만나 봐.

그 선생 되게 무섭다고 했잖아.

항상 무섭기만 한 건 아니거든. 실은 되게 멋진 분이야.

밤에 퇴근하고 오신 부모님에게도 벽화 완성 소식을 알렸다.

게다가 저는 마라톤 하프 코스도 완주한 딸이라고요.

아빠의 반응은 이랬다.

야, 우리 미켈란젤로. 손기정. 장하다. 장해. 하하하.

이건 엄마의 반응이다.

세상에. 엄마는 상상도 못하겠다. 네가 어떻게 그걸 해냈니.

요즘 와서 아빠가 자주 웃는 것 같다. 미국에 온 뒤로 한동안 아빠의 웃음을 보기 힘들었다. 미국에 오기 전 직장을 잃고부터 아빠는 웃지 않았다. 동생과 아빠의 웃음을 세었다. 아빠가 오늘 언제 웃었지. 이번 주에 웃은 게 무슨 요일이지. 이번 달에 몇 번이나 웃었지. 그런데 요즘은 '하하하'라고 글자로 정확하게 적을 수 있는 웃음까지 생겼다. 동생과 나도 크게 하하하 웃는다.

너 주려고 따로 만들었지.

엄마가 멋진 일을 해냈다며 연어회를 꺼내 놓았다. 역시 엄마는 이런 멋이 있다니까. 어떻게 알고 요리까지 준비했을까. 내가 며칠 전 연어를 먹고 싶다는 말을 몰래 했는데 그걸 들었나.

그런데 너 그림에서 중요한 뭐 빼먹은 건 없니?

맛있게 먹고 있는데 왜 이러실까. 잘 나가다가 엄마가 또 이상한 소리를 한다.

엄마, 이러지 마세요!

동생과 내가 엄마의 몸 위로 쓰러졌다.

여기 그림 아래를 봐라. 글자가 많잖아. 캘리그래피 글자 수, 좌우 대칭, 으음, 맞추기 힘들었을 텐데.

엄마가 고개를 갸우뚱거리며 그림을 들여다보았다. 엄마가 그러거나 말거나 동생과 나는 연어회만 열심히 먹었다.

아, 알래스카로 연어 잡으러 갔으면 좋겠다.

동생이 느닷없이 비약한다. 아마 또 디스커버리 채널을 보았나 보다. 동생은 동물의 세계 같은 자연 다큐멘터리 프로를 좋아한다. 그 영향인지 누가 장래 희망을 물으면 고고학자라고 고고하게 대답한다. 아마 동생은 자연 다큐멘터리를 만드는 사람들이 고고학자일 거라고 생각하는 것 같다. 이럴 때 보면 그다지 자란 것 같지도 않다.

알래스카는 아니더라도 올여름에는 가까운 데 여행이라도 가야할 텐데.

여행? 엄마, 우리도 여행 가요. 가자. 가자.

아빠, 여행 가요. 다른 애들처럼 여름방학 동안 다른 주도 돌아다녀 봤으면 좋겠어.

나와 동생이 여행 소리에 그만 흥분했다. 어쨌든 여행 이야기가 나오고 보니 잠이 잘 오지 않았다. 우리도 이번 여름방학에는 가족 여행을 할 수 있을까. 제발 그렇게 되기를, 제발.

다른 주에 가 보는 건 어떤 기분일까. 슬비나 도란은 플로리다에도 가 봤다던데. 뉴욕, 샌프란시스코……, 다 가 봤다고 자랑하던데. 밤에 꿈을 많이 꿨다. 자유의 여신상 앞에서 사진을 찍고 휘익 날아가 사막에서 선인장과 키를 재기도 했다.

 **벽화 개막식**

아침에 눈을 뜨며 중요한 일 한 가지를 떠올렸다. 표정 고르기!
나는 연구해 둔 여러 가지 표정 중에서 성공과 기쁨의 표정을 골
랐다. 두 가지 표정을 자연스럽게 섞어야 했다. 하지만 둘 다 기쁨
쪽 표정이라서 어렵지 않았다. 그냥 기분이 좋을 때 짓던 표정을
유지하기로 했다. 얼굴 근육을 풀어 부드럽게 움직였다. 눈주름이
지도록 눈을 움직여 주고 아래윗니가 조금씩 보일 정도로 웃어 주
었다. 고개는 약간 숙여 거만해 보이지 않도록 했다.

개막식에는 교장 선생님과 미스터 바이슨과 모든 선생님들이 참
석했다. 학생들도 몰려들었다. 모든 참석자들이 흰 천으로 덮여 있
는 벽화를 바라보고 서 있었다. 흰 천을 걷었을 때 어떤 그림이 나

타날지 초조하게 기다리는 표정이었다. 우리들은 더 긴장했다. 미스터 바이슨이 매튜, 네스타, 제시카와 나를 불러 벽화 앞에 서게 했다. 교장 선생님이 벽화 프로젝트 팀과 함께 벽화를 덮은 흰 천을 벗기겠다고 했다. 제시카가 두 손을 모아 비비며 초조해했다.

마침내 흰 천을 벗겨 냈다. 벽화가 열렸다. 나도 모르게 눈을 가렸다. 아, 어쩌지. 선생님들과 학생들이 박수를 치며 환호성을 질렀다. 눈을 떴다. 눈을 감았던 건 벽화 속 바이킹들의 눈빛 때문이었을 것이다. 눈빛이 훼손되기 전과 다르게 보일까 봐 걱정스러웠다.

벽화의 바이킹들이 달려 나오는 듯했다. 바이킹들은 머리에 노을색 투구를 쓰고 있다. 피크닉을 마칠 때 보았던 그 노을색이다. 그림 아래로는 글자가 좌우 대칭을 이루며 그림을 받쳐 주고 있다. '노스웨스트 바이킹스 인투 더 뉴 밀레니엄'이다. 그리고 그 밑에 내 영문 이름 '제인'이 새겨져 있다. 내 이름 아래로 매튜, 네스타, 제시카의 이름도 새겨져 있다. 다시 그린 바이킹의 눈빛을 자세히 보았다. 저 눈빛이다. 고심한 끝에 다시 저 눈빛을 그렸다. 바이킹들의 시선이 향하고 있는 곳은 뉴 밀레니엄의 꿈이다.

이제 상금을 받는 순서다. 정신없이 웃다가 깜빡 잊을 뻔했다. 연구해 둔 표정 말이다. 교장 선생님이 나에게 100달러 상금이 든 봉투를 주며 악수를 청했다. 박수 소리가 울려 퍼졌다. 문득 슬비가 어디선가 숨어서 보고 있을 것 같은 생각이 들었다. 잠깐 주위

Northwest Vikings

The New Millennium

를 둘러보았다.

연구해 둔 표정을 짓고 상금을 받으니 훨씬 자신감이 있었다.
교장 선생님은 우리 팀 모두와 악수를 나눴다. 상금을 받아드니
자꾸 웃음이 나왔다.

갑자기 미스터 바이슨이 학교 앨범을 들고 앞으로 나갔다. 어제
우리에게 건넸던 앨범인 것 같았다.

오, 정말 뜻깊은 날이군요. 이렇게 멋진 벽화를 이루어 내다니
요! 여기 네 학생을 보십시오. 이 벽화를 완성하기 위해 그동안 이
친구들은 자신들의 시간과 노력을 바쳤습니다. 우리는 이제 이 벽
화를 대할 때마다 희망을 떠올릴 것입니다. 이 벽화를 완성하기까
지 뜻하지 않은 사고도 있었으나 이 친구들은 현명하게 이겨 냈습
니다. 여기 제가 들고 온 앨범에 이 친구들의 마음이 있습니다. 벽
화를 완성하고 느낀 감동을 옮긴 글입니다. 그 글을 여러분께 읽
어 드릴까 합니다.

아, 안 돼.

우리 넷 모두 낮게 부르짖었다.

그러나 미스터 바이슨은 우리들을 못 본 체했다.

먼저 제인의 글입니다.

아빠 엄마. 걱정 마세요. 뉴 밀레니엄에 나는 꿈을 이룬 사람이
되어 있을 테니까요. 마음속에 붙어 있던 빨간 스티커는 다 떨어
져 나갈 거예요. 우리는 다시 멋진 집을 갖게 될 거고 한국에도 갈

수 있을 거예요. 그리고 동생. 좋아하는 사람과 왜 헤어져야 하는지 얼마든지 물어보렴. 대답은 준비돼 있단다. 너도 학교 앨범 표지 공모에 꼭 도전해 봐. 모두 사랑해요.

이번엔 제시카. 글씨가 예쁘군요.

엄마가 동생들과 이 벽화를 보러 올 수 있으면 좋겠어요. 뉴 밀레니엄에 엄마도 무엇이든 할 수 있다는 꿈을 가졌으면 좋겠어요. 이 벽화를 바라보며 마음 깊이 기도해요. 그리고 할아버지, 우리를 지켜 주셔서 정말 감사해요. 사랑해요.

오. 벽화 프로젝트 팀원들이 이렇게 감동적인 글을 남길 줄은 몰랐습니다. 다음은 남자 팀원들의 글입니다.

네스타는 이렇게 적고 있습니다.

우리 형제는 열 명. 아무도 믿지 않아요. 아빠 엄마. 어떤 때는 내가 그림자처럼 느껴지기도 하지만 두 분은 늘 저를 걱정하고 계시죠. 알고 있어요. 내가 그린 벽화 우리 식구들 모두 보러 올 거죠? 뉴 밀레니엄의 희망이 보일 거예요. 아빠가 요리해 주는 라자냐는 정말 최고예요. 사랑해요.

마지막으로 매튜의 글입니다.

카일. 내 동생. 벽화를 그리며 줄곧 너를 생각했어. 네가 이 벽화를 본다면 어떻게 느낄까. 벽화를 그리며 너처럼 좋은 친구들을 만났단다. 너에게 소개해 줄게. 우리 팀의 대장인 똘똘이 제인, 예쁜이 제시카, 그리고 페인트칠의 달인이며 달리기도 나만큼 잘하는 네스타야. 네가 보기에도 멋진 아이들이지? 뉴 밀레니엄에 더 멋진 사람이 되어 있을 게 분명해. 왜냐하면 우리는 뉴 밀레니엄의 희망을 보여 주는 멋진 벽화를 그린 팀이니까. 카일. 영원히 사랑한다.

이 아이들의 아픔이 위대하게 여겨집니다. 아이들임에도 스스로의 꿈을 통해 아픔을 넘어서고 있으니까요. 저도 콜럼바인에서 숨진 제 아이를 더 이상은 슬프게 기억하지 않기로 했습니다. 줄곧 그랬다면 여기 이 멋진 아이들을 발견하지 못했을 테지요. 이 아이들이 이제는 제 자식이며 친구입니다. 정말 멋진 아이들을 만났습니다. 얘들아. 고맙다. 이상으로 개막식의 모든 순서를 마치겠습니다.

개막식장이 숙연해졌다. 참석자들 중에 눈물을 흘리는 사람도 있었다.

오, 그런데, 이럴 수가! 나도 눈물을 흘리다가 발견했다. 밀레니엄의 스펠링 중 'n' 자 한 개가 빠져 'Millenium'이 되어 있었다.

'n'이 두 개인데 한 개를 빠뜨렸다. 우리 팀 아무도 의심한 아이가 없었다. 역시 우리는 한 팀인가. 선생님들과 아이들은 아직 스펠링 한 개가 빠진 걸 발견하지 못한 것 같다. 식이 끝난 다음에 혼자 조용히 고쳐야겠다. 엄마의 발견, 아니 예견이 놀랍다. 우리 엄마는 아르키메데스가 아닌 귀신의 후손인지도 모른다.

벽화는 우리 가족의 이야기를 품고 있다. 모든 것을 잃어버리고 미국에 왔던 아빠와 엄마의 아픔과 슬픔이 바이킹의 투구와 뿔 속에 담겨 있다. 바이킹들의 달리는 다리에 우리 가족의 희망이 실려 있다. 그림 속의 바이킹들은 우리 학교 학생을 상징하기도 하지만 내 마음속에는 동생과 나의 모습으로도 간직되었다.

개막식이 끝나고 미스터 바이슨과 우리들은 조금 더 벽화 앞에 머물렀다. 나는 미스터 바이슨이 읽어 준 팀원들의 글을 생각하며 벽화를 바라보았다. 팀원들도 나와 같은 생각을 하며 벽화를 바라보고 있는 것 같았다. 그때 상담실 모퉁이에서 한 아이가 주뼛거리며 다가오고 있었다. 슬비였다.

죄송합니다.

슬비가 미스터 바이슨에게 고개를 숙였다.

너희들에게 정말 잘못했어. 미안해.

고개를 숙인 채로 슬비는 우리들에게도 미안하다고 말했다. 금방이라도 울음이 터질 것 같은 표정이었다. 잔뜩 풀이 죽어 있는 슬비를 보니 마음이 편치는 않았지만, 다시 슬비와 친구가 될 수 있을 것 같은 생각도 들었다. 슬비는 미스터 바이슨의 방으로 따라 들어갔다. 우리들은 잠깐 서로를 바라보고는 강의실을 찾아 흩어졌다.

수업이 끝나고 아이들이 다 돌아간 뒤 벽화 앞으로 갔다. 벽화를 올려다보았다. 부모님이 조용히 나를 굽어보고 있는 듯한 훈훈한 느낌이 들었다. 사물함에서 흰색과 검은색 페인트와 붓을 꺼냈

다. 밀레니엄을 지우고 그 부분에 바탕색을 다시 칠하기 시작했
다. 새로 밀레니엄 알파벳을 한 자 한 자 쓰며 뉴 밀레니엄에 바라
는 내 희망을 새겨 넣었다. 부디 마음속에 빨간 스티커가 붙는 일
이 다시는 없기를. 밀레니엄을 다 써넣고 돌아서려는데 사람의 기
척이 느껴졌다. 미스터 바이슨이 뒤에 서 있었다.

이제야 정말로 벽화가 완성되었구나.

아. 알고 계셨어요?

알고 있었다. 제인, 그동안 고마웠다.

미스터 바이슨이 악수를 청했다.

네. 저도요.

나도 진심으로 그에게 감사한 마음을 느꼈다.

드디어 나의 벽화가 탄생했다. 내가 창조한 세상에 하나밖에 없
는 나의 벽화. 내 이름이 새겨진 벽화. 이 기분을 뭐라고 표현해야
좋을지 모르겠다. 옛날식으로 이렇게 말해 보고도 싶다. 나의 벽
화여. 오래오래 거기 있으라. 뉴 밀레니엄 동안.

엄마는 바로 다음 날 출근하는 길에 살짝 학교에 들러 벽화를
보았다. 온 가족이 함께 벽화를 본 것은 토요일 오전이었다. 아빠
는 아침부터 밤까지 일하느라 시간을 내기 힘들었다. 토요일, 엄
마는 벽화를 잠깐이라도 보았기 때문에 먼저 본 소감을 아빠에게
전하느라 약간 흥분한 기색이었다. 아빠는 우리 딸 정말 굉장한

데, 굉장해라는 말을 반복했다.

그럼요. 마라톤 하프 코스도 완주한 딸이라니까요.

나도 같은 말을 자꾸 반복했다. 무슨 일이든지 할 수 있을 것 같
은 자신감이 생겼다. 자신감이 가득한 표정으로 뉴 밀레니엄의 벽
화 앞에서 사진을 찍었다. 아마 백 장쯤 찍지 않았을까. 독사진, 아
빠와, 엄마와, 동생과, 따로따로. 엄마 아빠와, 엄마 동생과, 아빠
동생과 세 사람씩. 조합할 수 있는 데까지. 아빠가 그만 가자고 할
때까지. 아빠는 처음으로 학교 이곳저곳을 둘러보았다. 사진을 찍
고 밖으로 나왔다. 새터데이 스쿨에 나온 아이들이 눈에 띄었다.

 **뉴 밀레니엄에**

나중에 우리 가족이 한국으로 돌아가는 날이 올까. 한국에 돌아가게 된다면 엄마와 처음 가 보았던 그 카페를 찾아가 봐야지. 엄마가 그날 그랬다. 다음에 우리 이 카페에 다시 와 보자고. 아마 엄마는 한국에 돌아가면 이곳에서 닦은 실력으로 음식점을 차릴 것이다. 음식점 이름은 '아씨'가 좋겠다. 이곳 레스토랑 이름인 '아오시'의 음을 최대한 살려서 지어 본다.

카페가 그때까지 그 자리에 있을까. 어쩌면 헐려서 다른 가게로 변해 있을 수도 있다. 미용실이나 병원, 아니면 다른 카페로. 나는 카페가 있던 자리를 올려다보다가 그냥 돌아가기 서운해 바뀐 가게에 들어가 보겠지. 엄마와 앉았던 자리를 어림해 보고 엄마에게 그 무서운 이야기를 듣던 시간을 떠올릴 것이다. 무서우면서도 에스프레소 머신에서 내린 커피 맛에 정신이 팔렸던 그 시간.

부모님은 지금보다 늙으셨겠지만 그때도 열심히 일하고 계시겠지. 엄마의 솜씨와 경험이 제대로 실력 발휘를 할 것이다. 음식점의 계산대 뒷벽에는 허가증 옆에 액자를 걸어 둘 생각이다. '레스토랑 아오시'라는 글자가 박힌 액자. 거기엔 엄마의 사진 대신 내가 그린 엄마와 나의 얼굴이 박혀 있을 것이다. 바이킹 뿔을 달고 웃고 있는 우리의 모습. 이곳에서의 거친 시간이 단단한 뿔 속에 채워져 있는 나의 그림. 나는 우리 음식점에 오는 사람들이 계산대 뒷벽을 한번 쳐다봐 주기를 바랄 것이다. 그 사진을 발견하고 아, 이 사진이구나, 하고 한번 웃어 주면 좋겠다. 그건 얼마나 멋진 일일까.

시간이 빠르게 흐른다. 이 뉴 밀레니엄에 나는 어떤 꿈을 이루게 될까. 그 생각을 하니 마음이 쿵쾅거린다. 내 머리에서 바이킹 뿔이 돋아나려는지도 모른다.

〈끝〉

소녀처럼 박차고 달려 나가는 꿈

　나에게 비밀이 하나 있었다. 언제인가부터 한 소녀의 상을 지니게 되었다. 호리호리한 몸매로 달리는 소녀의 모습. 긴 머리를 질끈 묶은 그 소녀는 땀을 흘리며 달리고 있다. 성큼성큼. 보폭이 경쾌하다. 달리며 일으키는 바람이 느껴지는 듯하다.

　불현듯 떠오른 그 모습은 사라지지 않고 내내 마음속에 남았다. 나는 오랫동안 그 비밀을 간직하고 있었다. 그 모습은 떠올리기만 해도 버드나무 잎이 푸르러 가듯 싱싱한 기운이 퍼져 온다. 온몸의 핏줄기에 그 기운이 뻗어 나가기 시작한다. 땅을 차고 달리는 소녀의 호흡과 보폭이 느껴진다.

　어떤 연유로 그런 모습을 떠올리게 되었을까. 나 스스로 지어낸 걸까. 알 수 없었다. 달리기 시작한 뒤 빚어진 모습일까. 그전부터 지녀 왔던 걸까. 확실치 않았다. 그 상은 떠올리기만 해도 마음이 벅차다. 아무리 떠올려도 질리지 않는다. 나는 그 모습을 오래 떠올리고 싶다. 달릴 때마다 그 상을 떠올린다. 나는 그 소녀와 함께 달린다.

아이들이 그 소녀처럼 달렸으면 좋겠다고 생각했다. 지금 마주하고 있는 시간이 짜증스럽거나 슬프고 괴로울수록 박차고 나가 달리기를 바랐다. 망설이거나 주저하지 말고 두 다리로 힘차게 땅을 굴러 보기를 바랐다. 그래서일까. 그 소녀의 상은 더 이상 비밀로 감추어 둘 수 없게 되었다. 내가 아이들과 함께 달리기를 바라게 되었기 때문이다. 그 바람이 현실로 이루어진다면……. 아마 이 소설은 그런 생각에서 시작되었을 것이다.

한 장면이 떠오른다. 어쩌면 소녀의 상은 그 장면에서 비롯되었던 게 아닐까. 그 장면이 잊히지 않고 남아 있는 걸 보면 그런 것 같기도 하다. 오래전 미국 아이오와에서 지내던 어느 날 오후였다. 늦가을이었고 그 거리에 은행잎이 수북하게 쌓여 있었다. 나는 대학의 뮤직 빌딩에서 나와 집으로 돌아가는 길이었다. 그때 바이올린 케이스를 등에 멘 한 소녀가 자전거를 타고 천천히 내 앞을 지나갔다. 그 소녀의 모습이 사라질 때까지 바라보고 있었던 기억이 생생하다.

그 모습을 바라보며 나는 무슨 생각을 하고 있었을까. 바이올린을 멘 소녀와 달리는 소녀상 사이에는 무슨 연관이 있는 걸까.

그 비밀 속의 소녀만 했을 때 나는 달리는 건 엄두도 내지 못했었다. 그 뒤로도 달린 적이 없었다. 내가 과연 땅을 박차고 달려 나갈 수 있을까 하는 생각에 머물러 있을 뿐이었다. 아이들을 키우며 종종 생각했다. 내가 어린 시절부터 달렸다면 어땠을까. 그랬더라면 나는 훨씬 달라질 수 있지 않았을까. 그럼 지금도 늦지 않았으리라. 이제부터라도 달려야겠다. 그리고 보면 그 소녀의 상은 스스로 깨닫지는 못했으나 이미 오래전부터 내 속에서 빚어져온 건지도 모른다.

　나는 지금도 변함없이 생각한다. 아이들이 그 소녀의 상처럼 달리면 좋겠다고. 지금 마주하고 있는 시간이 절망스럽거나 고통스러울수록 박차고 나가 달리기를 바란다. 이제 그 소녀의 상은 나 혼자 간직한 비밀이 아니다. 그러나 나는 여전히 그 상을 지니고 있다. 그리고 오늘도 그 상과 함께 달린다. 머리를 질끈 묶고 땀 흘리며 달리는 소녀상.

2012년 3월 새롭게 달려 나가며
이채원